祖父的园子·火烧云

萧 红◎著　　赵 蘅◎绘

北方联合出版传媒(集团)股份有限公司

春风文艺出版社

·沈 阳·

图书在版编目（CIP）数据

祖父的园子；火烧云 / 萧红著；赵蘅绘 . —沈阳：
春风文艺出版社，2023.2
（大作家的语文课）
ISBN 978－7－5313－6309－5

Ⅰ.①祖… Ⅱ.①萧… ②赵… Ⅲ.①短篇小说 — 小
说集 — 中国 — 现代 ②散文集 — 中国 — 现代 Ⅳ.① I216.2

中国版本图书馆CIP数据核字（2022）第 151649 号

北方联合出版传媒（集团）股份有限公司
春风文艺出版社出版发行
沈阳市和平区十一纬路25号　邮编：110003
辽宁新华印务有限公司印刷

责任编辑：姚宏越　邓　楠	责任校对：陈　杰
插　　画：赵　蘅	幅面尺寸：145mm × 210mm
字　　数：125千字	印　　张：8.5
版　　次：2023年2月第1版	印　　次：2023年2月第1次
书　　号：ISBN 978-7-5313-6309-5	
定　　价：28.00元	

作家萧红

　　萧红，女，原名张迺莹，宣统三年五月初五（1911年6月1日）生于呼兰府城一封建知识分子家庭。其祖父张维祯原为封建地主，但不善经营，家境大不如前。其父张廷举系齐齐哈尔省立优级师范学堂毕业，奖励师范科举人，终生从事教育工作。其母姜玉兰，为呼兰著名私塾先生姜文选之女，自幼随父读书。萧红幼年时，得到祖父张维祯的溺爱，受到良好的文学启蒙教育。

　　1919年8岁时，生母姜玉兰病故。

1920年秋，萧红入呼兰县第一女子高等并设国民学校（俗称南关女校，1921年改为第一女子高等国民小学校，1924年改为第一女子初高两级小学校）读书。萧红学习用功，作文特别突出，经常得到老师的表扬。1924年初小毕业，升入本校高小班学习。

　　1927年7月，萧红高小毕业，因呼兰只有男子中学，没有女子中学，萧红进入哈尔滨市东省特别区立第一女子中学读书。萧红爱好文学和绘画，特别爱读鲁迅、茅盾、郭沫若的作品，校刊上发表过她署名"悄吟"的抒情诗。

　　1932年年底，萧红写出了第一部短篇小说《王阿嫂的死》。1933年10月，与萧军合著小说散文集《跋涉》。

　　1934年夏，萧红完成中篇小说《生死场》。

　　1934年11月，萧红在上海终于见到了她十分崇敬的鲁迅先生。萧红投奔到鲁迅身边，这是她一生中的重大转折，是萧红创作道路上的新起点。在鲁迅的悉心指导和热心帮助下，她创作发表了许多小说、诗歌和散文。出版了散文集《商市街》，小说、散文集《桥》。1935年12月，《生死场》出版，在进步文艺界引起了强烈反响，奠定了萧红在中国现代文学史上的重要地位，成为萧红的代表作品之一。从此，在鲁迅的教诲下，萧红的创作水平不断提高，成为我国在国际上为数不多、颇有影响的女作家之一。

在1940年12月——那正是萧红逝世前一年多，那时她的健康还不怎样成问题的时候，她写成了她的最后著作——小说《呼兰河传》，然而在那时，萧红的心境已经是寂寞的了。而且从《呼兰河传》，我们又看到了萧红的幼年也是何等的寂寞！

不久萧红就病了，她住进了玛丽医院。在医院里她自然更寂寞了，然而她求生的意志非常强烈，她希望病好，她忍着寂寞住在医院。她的病相当复杂，而大夫也荒唐透顶，等到诊断明白是肺病的时候就宣告已经无可救药。可是萧红自信能活。甚至在香港战争爆发以后，夹在死于炮火和死于病二者之间的她，还是更怕前者，不过，心境的寂寞，仍然是对于她的最大的威胁。她咽最后一口气时，许多朋友都不在她身边，她就这样带着寂寞离开了这人间。

画家赵蘅

　　生于1945年，浙江温州人。中国当代著名画家、散文家。绘画代表作有《太阳很足的晌午》《吕霞光画室的早晨》《豆油灯》《苹果和叶子》；插图作品有《呼兰河传》《幼年合宜的位置》《通向父亲的路》等；散文集有《下一班火车几点开？》《拾回的欧洲画页》《宪益舅舅的最后十年》《四弦琴》等。油画《太阳很足的晌午》获全国美展银奖，散文《重见玛丽》获冰心儿童文学新作大奖。

目录

目录

目录

东二道街的大泥坑

　　严冬封锁了大地的时候，大地满地裂着口。从南到北，从东到西，几尺长的，一丈长的，还有好几丈长的，它们毫无方向，随时随地，只要严冬一到，大地就裂开口了。

　　严寒把大地冻裂了。

　　年老的人，一进屋用笤帚扫着胡子上的冰溜，一面说："今天好冷啊！地被冻裂了。"

　　赶车的车夫，顶着三星，绕着大鞭子走了六七十里路，天刚一蒙蒙亮，进了大车店，第一句话就向客栈掌柜的说："好厉害的天啊！小刀子一样。"

等进了栈房，摘下狗皮帽子来，抽一袋烟之后，伸手去拿热馒头的时候，那伸出来的手的手背上有无数的裂口。

　　人的手被冻裂了。

　　卖豆腐的人清早起来沿着人家去叫卖，偶一不慎，就把盛豆腐的方木盘贴在地上拿不起来了，冻在地上了。

　　卖馒头的老头儿，背着木箱子，里边装着热馒头，太阳一出来，就在街上叫卖。他刚从家里出来的时候，走得快，喊的声音也大。可是过不了一会儿，他的脚上挂了掌子了，脚心上好像踏着一个鸡蛋似的，圆滚滚的。原来冰雪封满了他的脚底了。他走起来十分地不得力，若不是十分地加着小心，他就要跌倒了。就是这样，也还是跌倒了。跌倒了是不很好的，把馒头箱子跌翻了，馒头从箱底一个一个地滚了出来。旁边若有人看见，趁着这机会，趁着老头子倒下一时还爬不起来的时候，就拾了几个一边吃着就走了。等老头子挣扎起来，连馒头带冰雪一起捡到箱子里，一数，不对数。他明白了。他向着那走不太远的吃他馒头的人说："好冷的天，地皮冻裂了，吞了我的馒头了。"

行路人听了这话都笑了。他背起箱子来再往前走，那脚下的冰溜，似乎是越结越高，使他越走越困难，于是背上出了汗，眼睛上了霜，胡子上的冰溜越挂越多，而且因为呼吸的关系，破皮帽子的帽耳朵和帽前遮都挂了霜了。这老头儿越走越慢，担惊受怕，战战兢兢，好像初次穿上滑冰鞋，被朋友推上了溜冰场似的。

小狗冻得夜夜地叫唤，哽哽的，好像它的脚爪被火烧着一样。

天再冷下去：

水缸冻裂了；

井被冻住了；

大风雪的夜里，竟会把人家的房子封住，睡了一夜，早晨起来，一推门，竟推不开了。

大地一到了这严寒的季节，一切都变了样，天空

是灰色的，好像刮了大风之后，呈着一种混沌沌的气象，而且整天飞着清雪。人们走起路来是快的，嘴里边的呼吸，一遇到了严寒好像冒着烟似的。七匹马拉着一辆大车，在旷野上成串地一辆挨着一辆地跑，打着灯笼，甩着大鞭子，天空挂着三星。跑了二里路之后，马就冒汗了。再跑下去，这一批人马在冰天雪地里边竟热气腾腾的了。一直到太阳出来，进了栈房，那些马才停止了出汗。但是一停止出汗，马毛立刻就上了霜。

人和马吃饱了之后，他们再跑。这寒带的地方，人家很少，不像南方，走了一村，不远又来了一村，过了一镇，不远又来了一镇。这里是什么也看不见，远望出去是一片白。从这一村到那一村，根本是看不见的。只有凭了认路的人的记忆才知道是走向了什么方向。拉着粮食的七辆大车，是到他们附近的城里去。载来大豆的卖了大豆，载来高粱的卖了高粱。等回去的时候，他们带了油、盐和布匹。

呼兰河就是这样的小城，这小城并不怎样繁华，只有两条大街：一条从南到北，一条从东到西；而最有名的算是十字街了。十字街口集中了全城的精华。十字街上有金银首饰店、布庄、油盐店、茶庄、药店，也有拔牙的洋医生。那医生的门前，挂着很大的招牌，那招牌上画着特别大的有量米的斗那么大的一排牙齿。这广告在这小城里边无乃太不相当，使人们看了竟不知道那是什么东西，因为油店、布店和盐店，他们都没有什么广告，也不过是盐店门前写个"盐"字，布店门前挂了两张怕是自古亦有之的两张布幌子。其余的如药店的招牌，也不过是把那戴着花镜的伸出手去在小枕头上号着妇女们的脉管的医生的名字挂在门外就是了。比方那医生的名字叫李永春，那药店也就叫"李永春"。人们凭着记忆，哪怕就是李永春摘掉了他的招牌，人们也都知李永春是在那里。不但城里的人这样，就是从乡下来的人也多少都把这城里的街道和街道上尽是些什么都记熟了。用不着什么广告，用不着什么招引的方式，要买的比如油盐、布匹之类，自己走进去就会买。不需要的，你就是挂了多大的牌子，人们也是不去买。那牙医生就是一个例子，那从乡下来的人们看了这么大的牙齿，真是觉得稀奇古怪，所以那大牌子前边停了许多人在看，看也看不出是什么道理来。假若他是正在牙痛，他也绝对不会让那用洋法子的医生给他拔掉，也还是走到李永春药店去，买二两黄连，回家去含着算了吧！因为那牌子上的牙齿太大了，有点莫名其妙，怪害怕的。

所以那牙医生挂了两三年招牌，到那里去拔牙的却是寥寥无几。

后来那女医生没有办法，大概是生活没法维持，兼做了收生婆。

城里除了十字街之外，还有两条街：一条叫作东二道街，一条叫作西二道街。这两条街是从南到北的，大概五六里长。

这两条街上没有什么好记载的，有几座庙，有几家烧饼铺，有几家粮栈。

东二道街上有一家火磨，那火磨的院子很大，用红色的好砖砌起来的大烟筒是非常高的，听说那火磨里边进去不得，那里边的消息可多了，是碰不得的。人一碰就会被火烧死，不然为什么叫火磨呢？就是因为有火，听说那里边不用马或是毛驴拉磨，用的是火。一般人以为尽是用火，岂不把火磨烧着了吗？想来想去想不明白，越想也就越糊涂。偏偏那火磨又是不准参观的。听说门口站着守卫。

东二道街上还有两家学堂：一个在南头，一个在北头，都是在庙里边，一个在龙王庙里，一个在祖师庙里。两个都是小学。

龙王庙里的那个学的是养蚕，叫作农业学校。祖师庙里的那个，是个普通的小学，还有高级班，所以又叫作高等小学。

这两个学校，名目上虽然不同，实际上是没有什么分别的，也不过那叫作农业学校的，到了秋天把蚕用油炒起来，教员们大吃几顿就是了。

那叫作高等小学的，没有蚕吃，那里边的学生的确比农业学校的学生长得高，农业学生开头是念

"人、手、足、刀、尺"，顶大的也不过十六七岁。那高等小学的学生却不同了，吹着洋号，竟有二十四岁的，在乡下私学馆里已经教了四五年的书了，现在才来上高等小学，也有在粮栈里当了两年管账先生的现在也来上学了。

这小学的学生写起家信来，竟有写道："小秃子闹眼睛好了没有？"小秃子就是他的八岁的长公子的小名。次公子、女公子还都没有写上，若都写上怕是把信写得太长了。因为他已经子女成群，已经是一家之主了，写起信来总是多谈一些个家政：姓王的地户的地租送来没有；大豆卖了没有，行情如何之类。

这样的学生，在课堂里边也是极有地位的，教师也得尊敬他，一不留心，他这样的学生就站起来了，手里拿着康熙字典，常常会把先生质问住的。

西二道街上没有火磨，学堂也就只有一个，是个清真学校，设在城隍庙里边。

其余的也和东二道街一样，灰秃秃的，若有车马走过，则烟尘滚滚，下了雨满地是泥。而且东二道街上有一个大泥坑，五六尺深。不下雨那泥浆好像粥一样；下了雨，这泥坑就变成河了。附近的人家，就要吃它的苦头，冲了人家里满满是泥。等坑水一落了去，天一晴了，被太阳一晒，出来很多蚊子飞到附近的人家去。同时那泥坑也就越晒越纯净，好像要从那泥坑里边提炼出点什么来似的。若是一个月以上不下雨，那大泥坑的质度更纯了，水分完全被蒸发走了，那里边的泥又黏又黑，比粥锅潋糊（黏稠），比糨糊还黏。好像炼胶的大锅似的，黑乎乎的，油亮亮的，哪怕苍蝇蚊子从那里一飞也要被粘住的。

小燕子是很喜欢水的，有时误飞到这泥坑上来，用翅子点着水，看起来很危险，差一点被泥坑陷害，差一点被粘住，赶快地头也不回地飞跑了。

若是一匹马，那就不然了，非被粘住不可。不仅仅是被粘住，而且会把它陷进去，马在那里边滚着，挣扎着，挣扎了一会儿，没有了力气那马就躺下了。一躺下那就很危险，很有致命的可能。但是这种时候不很多，很少有人牵着马或是拉着车子来冒这种险。

这大泥坑出乱子的时候，多半是在旱年，若两三个月不下雨，这泥坑子才到了真正危险的时候。在表面上看来，似乎是越下雨越坏，因为一下了雨好像小河似的，有一丈来深，该多么危险，人掉下去也要没顶的。其实不然，呼兰河这城里的人没有这么傻，他们都晓得这个坑是很厉害的，没有一个人敢有这样大的胆子牵着马从这泥坑上过。

可是若三个月不下雨，这泥坑子就一天一天地干下去，到后来也不过是两三尺深，有些勇敢者就试探着冒险地赶着车从上边过去了，还有些次勇敢者，看着别人过去，也跟着过去了。一来二去的，这坑子的两岸就压成车轮经过的车辙了。那再后来者，一看，前边已经有人走在先了，这懦怯者比之勇敢的人更勇敢，赶着车子走上去了。谁知这泥坑子的底是高低不平的，人家过去了，可是他翻车了。

车夫从泥坑里爬出来，弄得跟个小鬼儿似的，满脸泥污，而后再从泥中往外挖掘他的马，不料那马已经倒在泥污之中了，这时候有些过路的人，也就走上前来帮忙施救。

这过路的人分成两种：一种是穿着长袍短褂的，非常清洁，看那样子也伸不出手来，因为他的手也是很洁净的。不用说那就是绅士一流的人物了，他们是站在一旁参观的。

看那马要站起来了，他们就喝彩，"噢！噢"地喊叫着；看那马站不起来，又倒下去了，这时他们又是喝彩，"噢！噢"地又叫了几声。不过这喝的是倒彩。

就这样，马要站起来而又站不起来地闹了一阵之后，仍然没有站起来，仍是照原样可怜地躺在那里。这时候，那些看热闹的觉得也不过如此，也没有什么新花样了，于是星散开去，各自回家了。

现在再来说那马还是在那里躺着，那些帮忙救马的过路人，都是些普通的老百姓，是这城里的担葱的、卖菜的、瓦匠、车夫之流。他们卷卷裤脚，脱了鞋子，看看没有什么办法，走下泥坑去，想用几个人的力量把那马抬起来。

结果抬不起来了，那马的呼吸不大多了。于是人们着了慌，赶快解了马套。把马从车子上解下来，以为这回那马毫无负担地就可以站起来了。

不料那马还是站不起来。马的脑袋露在泥浆的外边，两个耳朵哆嗦着，眼睛闭着，鼻子往外喷着突突的气。

看了这样可怜的景象，附近的人们跑回家去，取了绳索，拿了绞锥。用绳子把马捆了起来，用绞锥从下边掘着。人们喊着号令，好像造房子或是架桥梁似的，把马抬出来了。

马是没有死，躺在道旁。人们给马浇了一些水，还给马洗了一个脸。

看热闹的也有来的，也有去的。

第二天大家都说："那大水泡子又淹死了一匹马。"

虽然马没有死，一哄起来就说马死了。若不这样说，觉得那大泥坑也太没有什么威严了。

在这大泥坑上翻车的事情不知有多少。一年除了被冬天冻住的季节之外，其余的时间，这大泥坑子像被赋予了生命似的，它是活的。水涨了，水落了，过些日子大了，过些日子又小了，大家对它都是无限的关切。

水大的时间，不但阻碍了车马，也阻碍了行人，老头儿走在泥坑子的沿上，两条腿打战，小孩子在泥坑子的沿上吓得狼哭鬼叫。

一下起雨来这大泥坑子白亮亮地涨得溜溜地满，涨到两边的人家的墙根上去了，把人家的墙根给淹没了。来往过路的人，一走到这里，就像在人生的路上碰到了打击。是要奋斗的，卷起袖子来，咬紧了牙根，全身的精力集中起来，手抓着人家的板墙，心脏扑通扑通地跳，头不要晕，眼睛不要花，要沉着应战。

偏偏那人家的板墙造得又非常地平滑整齐，好像有意在危难的时候不帮人家的忙似的，使那行路人不管怎样巧妙地伸出手来，也得不到那板墙的怜悯，东抓抓不着什么，西摸也摸不到什么，平滑得连一个疤癞节子也没有，这可不知道是什么山上长的木头，长得这样完好无缺。

挣扎了五六分钟之后，总算是过去了。弄得满头大汗，满身发烧，那都不说。再说那后来的人，如法炮制，那花样也不多，也只是东抓抓、西摸摸。弄了五六分钟之后，又过去了。

一过去了可就精神饱满，哈哈大笑着，回头向那后来的人，向那正在艰苦阶段上奋斗着的人说："这算什么，一辈子不走几回险路那不算英雄。"

可也不然，也不一定都是精神饱满的，而大半是被吓得脸色发白。有的虽然已经过去了多时，还是不能够很快地抬起腿来走路，因为那腿还在打战。

这一类胆小的人，虽然是险路已经过去了，但是心里边无由地生起来一种感伤的情绪，心里颤抖抖的，好像被这大泥坑子感动了似的，总要回过头来望一望，打量一会儿，似乎有些话要说。终于也没有说什么，还是走了。

有一天，下大雨的时候，一个小孩子掉下去，让一个卖豆腐的救了上来。救上来一看，那孩子是农业学校校长的儿子。

于是议论纷纷了，有的说是因为农业学堂设在庙里边，冲了龙王爷了，龙王爷要降大雨淹死这孩子。

有的说不然，完全不是这样，都是因为这孩子的父亲的关系，他父亲在讲堂上指手画脚地讲，讲给学生们说，说这天下雨不是在天上的龙王爷下的雨，他说没有龙王爷。你看这不把龙王爷活活地气死，他这口气哪能不出呢？所以就抓住了他的儿子来实行因果报应了。

有的说，那学堂里的学生也太不像样了，有的爬上了老龙王的头顶，给老龙王戴了一顶草帽。这是什么年头，一个毛孩子就敢惹这么大的祸，老龙王怎么会不报应呢？看着吧，这还不能算了事，你想龙王爷并不是普通人啊！你若惹了他，他可能够饶了你？那可不像对付一个拉车的、卖菜的，随便地踢他们一脚就让他们去。那是龙王爷啊！龙王爷还是惹不起的。

有的说，那学堂的学生都太不像样了，他说他亲眼看见过，学生们拿了蚕放在大殿上老龙王的手上。

你想老龙王哪能受得了。

有的说，现在的学堂太不好了，有孩子是千万上不得学堂的。一上了学堂就天地人鬼神不分了。

有的说他要到学堂把他的儿子领回来，不让他念书了。

有的说孩子在学堂里念书，是越念越坏，比方吓掉了魂，他娘给他叫魂的时候，你听他说什么？他说这叫迷信。你说再念下去那还了得吗？

说来说去，越说越远了。

过了几天，大泥坑子又落下去了，泥坑两岸的行人通行无阻。

再过些日子不下雨，泥坑子就又有点像要干了。这时候，又有车马开始在上面走，又有车子翻在上面，又有马倒在泥中打滚，又是绳索棍棒之类的，往外抬马，被抬出去的赶着车子走了，后来的，陷进去，再抬。

一年之中抬车抬马，在这泥坑子上不知抬了多少次，可没有一个人说把泥坑子用土填起来不就好了吗？没有一个。

有一次一个老绅士在泥坑涨水时掉在里边了。一爬出来，他就说："这街道太窄了，去了这水泡子连走路的地方都没有了，这两边的院子，怎么不把院墙拆了让出一块来？"

他正说着，板墙里边，就是那院中的老太太搭了言。她说院墙是拆不得的，她说最好种树，若是沿着墙根种上一排树，下起雨来人就可以攀着树过去了。

说拆墙的有，说种树的有，若说用土把泥坑来填平的，一个人也没有。

这泥坑子里边淹死过小猪，泥浆闷死过狗，闷死过猫，鸡和鸭也常常死在这泥坑里边。

原因是这泥坑上边结了一层硬壳，动物们不知道那硬壳下面就是陷阱，等晓得了可也就晚了。它们跑着或是飞着，等往那硬壳上一落可就再也站不起来了。白天还好，或许有人会来施救。夜晚可就没有办法了。它们自己挣扎，挣扎到没有力气的时候就很自然地沉下去了，其实越挣扎越沉下去得快。有时至死也还不沉下去的事也有。若是那泥浆的密度过高的时候，就有这样的事。

比方肉上市，忽然卖便宜猪肉了，于是大家就想起那泥坑子来了，说："可不是那泥坑子里边又淹死猪了？"

说着若是腿快的，就赶快跑到邻人的家去，告诉邻居。

"快去买便宜肉吧，快去吧，快去吧，一会儿没有了。"

等买回家来细看一番，似乎有点不大对，怎么这肉又紫又青的！可不要是瘟猪肉。

但是又一想，哪能是瘟猪肉呢，一定是那泥坑子淹死的猪的肉。

于是煎、炒、蒸、煮，家家吃起便宜猪肉来。虽然吃起来了，但就总觉得不大香，怕还是瘟猪肉。

可是又一想，瘟猪肉怎么可以吃得，那么还是泥坑子淹死的猪的肉吧！

本来这泥坑子一年只淹死一两口猪，或两三口猪，有几年还连一口猪也没有淹死。至于居民们常吃的淹死的猪的肉，这可不知是怎么一回事，恐怕只有龙王爷晓得。

虽然吃的人自己说是泥坑子淹死的猪的肉，但也有吃了病的，那吃病了的就大发议论："就是淹死的猪的肉也不应该抬到市上去卖，死猪肉终究是不新鲜的，税局子是干什么的，让大街上，在光天化日之下就卖起死猪肉来？"

也是吃了死猪肉的，但是尚且没生病的人说："话也不能那么说，一定是你疑心，你三心二意地吃下去还会好？你看我们也一样地吃了，可怎么没病？"

间或也有小孩子太不知时务，说他妈不让他吃，说那是瘟猪肉。

这样的孩子，大家都不喜欢。大家都用眼睛瞪着他，说他："瞎说，瞎说！"

有一次一个孩子说那猪肉一定是瘟猪肉，并且是当着母亲的面向邻人说的。

那邻人听了倒并没有坚决地表示什么，可是他的母亲的脸立刻就红了，伸出手去就打了那孩子。

那孩子非常固执，仍说："是瘟猪肉嘛！是瘟猪肉嘛！"

母亲实在难为情起来，就拾起门旁的烧火的叉子，向着那孩子的肩膀就打了过去，孩子一边哭着一边跑回家里去了。

一进门，炕沿上坐着外祖母，那孩子一边哭着一边扑到外祖母的怀里，说："姥姥，你吃的不是瘟猪肉吗？我妈打我。"

外祖母本想对这被打得可怜的孩子安慰一番，但是一抬头看见了同院的老李家的奶奶站在门口往里看。

于是外祖母就掀起孩子后衣襟来，用力地在孩子的屁股上喧喧地打起来，嘴里还说着："谁让你这么小就胡说八道！"

一直打到李家的奶奶抱着孩子走了才算完事。

那孩子哭得一塌糊涂，什么"瘟猪肉"不"瘟猪肉"的，哭得也说不清了。

这泥坑子施给当地居民的福利总共有两条：

第一条：常常抬车抬马，淹鸡淹鸭，闹得非常热闹，居民说长道短，得以消遣。

第二条就是这猪肉了，若没有这泥坑子，可怎么吃瘟猪肉呢？吃是可以吃的，但是可怎么说法呢？真正说是吃的瘟猪肉，岂不太不讲卫生了？有这泥坑子可就好办，可以使瘟猪变成淹猪，居民们买起肉来，第一经济，第二也不算什么不卫生。

扫码领取
● 作 家 介 绍
● 萧红作品精选
● 经典名句赏析

提篮子卖麻花

呼兰河城里，除了东二道街、西二道街、十字街之外，再就都是些个小胡同了。

小胡同里边更没有什么了，就连打烧饼麻花的店铺也不大有，就连卖红绿糖球的小床子，也都是摆在街口上去，很少有摆在小胡同里边的。那些住在小街上的人家，一天到晚看不见多少闲散杂人。耳听的眼看的，都比较少，所以整天寂寂寞寞的，关起门来在过着生活。破草房有上半间，买上二斗豆子，煮一点盐豆下饭吃，就是一年。

在小街上住着，又冷清又寂寞。

一个提篮子卖麻花的，从胡同的东头喊，胡同的西头都听到了。虽然不买，若经过谁家的门口，谁家的人都把头探出来看看，间或有问一问价钱的，问一问糖麻花和油麻花现在是不是还卖着前些日子的价钱。

间或有人走过去掀开筐子上盖着的那张布，好像要买似的，拿起一个来摸一摸是否还是热的。

摸完了也就放下了，卖麻花的也绝对不生气。

于是又提到第二家的门口去。

第二家的老太婆也是在闲着，于是就又伸出手来，打开筐子，摸了一回。

摸完了也是没有买。

等到了第三家，这第三家可要买了。

一个三十多岁的女人，刚刚睡午觉起来，她的头顶上梳着一个卷，大概头发不怎样整齐，发卷上罩着一个用大黑珠线织的网子，网子上还插了不少疙瘩针。可是因为这一睡觉，不但头发乱了，就是那些疙瘩针也都跳出来了，好像这女人的发卷上被射了不少小箭头。

她一开门就很爽快，把门扇呱嗒地往两边一分，她就从门里闪出来了。随后就跟出来五个孩子。这五个孩子也都个个爽快，像一个小连队似的，一排就排好了。

第一个是女孩子，十二三岁，伸出手来就拿了一个五吊钱一根的竹筷子长的大麻花。她的动作很迅速，这麻花在这筐子里的确是最大的，而且就只有这一根。

第二个是男孩子，拿了一个两吊钱一根的。

第三个也是拿了个两吊钱一根的，也是个男孩子。

第四个看了看，没有办法，也只得拿了一个两吊钱的，也是个男孩子。

轮到第五个了，这个可分不出来是男孩子还是女孩子。头是秃的，一只耳朵上挂着钳子，瘦得好像根干柳条，肚子可特别大，看样子也不过五岁。

一伸手，他的手就比其余的四个都黑得厉害，其余的四个，虽然他们的手也黑得够厉害的，但总还认得出来那是手，而不是别的什么，唯有他的手是连认也认不出来了，说是手吗，说是什么呢，说什么都行。完全起着黑的灰的、深的浅的，各种的云层。看上去，好像看隔山照似的，有无穷的趣味。

他就用这手在筐子里边挑选，几乎是每个都让他摸过了，不一会儿工夫，全个的筐子都让他翻遍了。这筐子虽大，麻花并没有几根。除了一根顶大的之外，其余小的也不过十来根，经他这一翻，可就完全乱了。弄得他满手是油，把那小黑手染得油亮油亮的，黑亮黑亮的。

而后他说："我要大的。"

于是就在门口打了起来。

他跑得非常之快，他去追着他的姐姐。他的第二个哥哥，他的第三个哥哥也都跑了上去，都比他跑得快。再说他的大姐，那个拿着大麻花的女孩，她跑得更快到不能想象了。

最大的孩子已经找到一面墙的缺口的地方，跳了出去，后边的也就跟着一溜烟地跳过去。等他们跳过去刚一追着，那大孩子又跳回来了，在院子里跑成了一阵旋风。

那个最小的，不知是男孩子还是女孩子的，早已追不上了。落在后边，号啕大哭。间或也想捡一点便宜，那就是当他的两个哥哥把他的姐姐已经扭住的时候，他就趁机会想要从中抢他姐姐手里的麻花。可是几次都没有做到，于是又落在后边号啕大哭。

他们的母亲，虽然是很威风的样子，但是不动手是招呼不住他们的。母亲看了这样子也还没有个完了，就进屋去，拿起烧火的铁叉子来，向着她的孩子就奔去了。不料院子里有一个小泥坑，是猪在里打腻的地方。她恰好就跌在泥坑那儿了，把叉子跌出去五尺多远。

于是这场戏才算达到了高潮，看热闹的人没有不笑的，没有不称心愉快的。

就连那卖麻花的人也看出神了，当那女人坐到泥坑中把泥花溅起来的时候，那卖麻花的差一点把筐子掉地下。他高兴极了,他早已经忘了他手里的筐子了。

至于那几个孩子,则早就不见了。

等母亲起来去把他们追回来的时候,那做母亲的这回可发了威风,让他们一个一个地向着太阳跪下,在院子里排起一小队来,把麻花一律地解除。

顶大的孩子的麻花没有多少了,完全被撞碎了。

第三个孩子的已经吃完了。

第二个的还剩了一点点。

只有第四个的还拿在手上没有动。

第五个,不用说,根本没有拿在手里。

闹到结果,卖麻花的和那女人吵了一阵之后提着筐子又到另一家去叫卖去了。他和那女人所吵的是关于那第四个孩子手上拿了半天的麻花又退回了的问题,卖麻花的坚持着不让退,那女人又非退回不可。结果是付了三根麻花的钱,就把那提篮子的人赶了出去了。

为着麻花而下跪的五个孩子不提了。再说那一进胡同口就被挨家摸过的麻花，被提到另外的胡同里去，到底也卖掉了。

一个已经脱完了牙齿的老太太买了其中的一根，用纸裹着拿到屋子去了。她一边走着一边说："这麻花真干净，油亮亮的。"

而后招呼了她的小孙子，快来吧！

那卖麻花的人看了老太太很喜欢这麻花，于是就又说："是刚出锅的，还热乎着哩！"

扫码领取
● 作 家 介 绍
● 萧红作品精选
● 经典名句赏析

不过了，买块豆腐

卖麻花的过去了，后半天，也许又来了卖凉粉的，也是一在胡同口的这头喊，那头就听到了。

要买的拿着小瓦盆出去了。不买的坐在屋子一听这卖凉粉的一招呼，就知道是应烧晚饭的时候了。因为这卖凉粉的一整个夏天都是在太阳偏西，他就来的，来得那么准时，就像时钟一样，到了四五点钟他必来，就像他卖凉粉专门到这一条胡同来卖似的，似乎在别的胡同里就没有为着多卖几家而耽误了这固定的时间。

卖凉粉的一过去，天也就快黑了。

打着拨浪鼓的货郎，一到太阳偏西，就再不进到小巷子里来，就连僻静的街他也不去了，他担着担子从大街口走回家去。

卖瓦盆的，也早都收市了。

捡绳头的、换破烂的也都回家去了。

只有卖豆腐的则又出来了。

晚饭时节，吃了小葱蘸大酱就已经很可口了，若外加上一块豆腐，那真是锦上添花，一定要多浪费两碗苞米大芸豆粥的。一吃就吃多了，那是很自然的，豆腐加上点辣椒油，再拌上点大酱，那是多么可口的东西；用筷子触了一点点豆腐，就能够吃下去半碗饭，再到豆腐上去触了一下，一碗饭就完了。因为豆腐而多吃两碗饭，并不算吃得多，没有吃过的人，不能够晓得其中的滋味的。

所以卖豆腐的人来了，男女老幼全都欢迎。打开门来，笑盈盈的，虽然不说什么，但是彼此有一种融洽的感情，默默生了出来。

似乎卖豆腐的在说："我的豆腐真好！"

似乎买豆腐的回答："你的豆腐果然不错。"

买不起豆腐的人对那卖豆腐的就非常羡慕，一听了那从街口越招呼越近的声音就被诱惑住了，假若能吃一块豆腐可不错，切上一点青辣椒，拌上一点小葱。

但是天天这样想，天天没有买成，卖豆腐的一来，就把这等人白白地引诱一场。那被诱惑的人，仍然逗不起决心，就多吃几口辣椒，辣得满头是汗。他想假若一个人开了一个豆腐坊可不错，那就可以自由随便地吃豆腐了。

果然，他的儿子长到五岁的时候，问他："你长大了干什么？"

五岁的孩子说："开豆腐坊。"

这显然要继承他父亲未遂的志愿。

关于豆腐这美妙的一盘菜的爱好，竟还有甚于此的，竟有想要倾家荡产的。传说，有这样一个家长，他下了决心，他说："不过了，买一块豆腐吃去！"这"不过了"三个字，用旧的语言来翻译，就是毁家纾难的意思；用现代的话来说，就是："我破产了！"

火 烧 云

　　卖豆腐的一收了市，一天的事情都完了。

　　家家户户都把晚饭吃过了。吃过了晚霞，看晚霞的看晚霞，不看晚霞的躺到炕上去睡觉的也有。

　　这地方的晚霞是很好看的，有一个土名，叫火烧云。说"晚霞"人们不懂，若一说"火烧云"，就连三岁的孩子也会呀呀地往西天空里指给你看。

　　晚饭一过，火烧云就上来了，照得小孩子的脸是红的，把大白狗变成红色的狗了，红公鸡变成金色的

　　被选作语文教材（三年级下册）课文，选作课文时有改动。

了，黑母鸡变成紫檀色的了。喂猪的老头子，往墙根上靠，他笑盈盈地看着他的两只小白猪变成小金猪了，他刚想说："你们也变了……"

他的旁边走来了一个乘凉的人，那人说："您老人家定要高寿，您老长了金胡子了。"

天空的云，从西边一直烧到东边，红堂堂的，好像是天着了火。

这地方的火烧云变化极多，一会儿红堂堂的，一会儿金洞洞的，一会儿半紫半黄的，一会儿半灰半百合色。葡萄灰、大黄梨、紫茄子，这些颜色天空上边都有。还有些说也说不出来的，见也未曾见过的诸多种的颜色。

五秒钟之内，天空里有一匹马，马头向南，马尾向西，那马是跪着的，像是在等着有人骑到它的背上，它才站起来。再过一秒钟，没有什么变化。再过两三秒钟，那匹马变大了，马腿也伸开了，马脖子也长了，但是一条马尾巴不见了。

看的人，正在寻找马尾巴的时候，那马就变没了。

忽然又来了一条大狗，这条狗十分凶猛，它在前边跑着，它的后面似乎还跟了好几条小狗崽儿。跑着跑着，小狗就不知跑到哪里去了，大狗也不见了。

又找到了一头大狮子，和娘娘庙门前的大石头狮子一模一样的，也是那么大，也是那样的蹲着，很威武地、很镇静地蹲着，蔑视一切的样子，似乎眼睛连什么也不眨，看着看着地，一不谨慎，同时又看到了别一个什么。这时候，可就麻烦了，人的眼睛不能同时又看东又看西。这样子会活活把那个大狮子糟蹋了。一转眼，一低头，那天空的东西就变了。若是再找，怕是看瞎了眼睛也找不到了。

大狮子既然找不到，另外的那什么，比方就是一只猴子吧，猴子虽不如大狮子，可同时也没有了。

一时恍恍惚惚的，满天空里又像这个，又像那个，其实是什么也不像，什么也没有了。

必须是低下头去，把眼睛揉一揉，或者是沉静一会儿再来看。

可是天空偏偏又不常常等待着那些爱好它的孩

子。一会儿工夫火烧云下去了。

孩子们困倦了，回屋睡觉去了。竟有还没能来得及进屋的，就靠在姐姐的腿上，或者是依在祖母的怀里就睡着了。

祖母的手里，拿着白马鬃的蝇甩子，就用蝇甩子给他驱逐着蚊虫。

祖母还不知道这孩子是已经睡了，还以为他在那里玩着呢！

"下去玩一会儿去吧！把奶奶的腿压麻了。"

用手一推，这孩子已经睡得摇摇晃晃的了。

这时候，火烧云已经完全下去了。

于是家家户户都进屋去睡觉，关起门窗来。

呼兰河这地方，就是在六月里也不是十分热，夜里总要盖着薄棉被。

等黄昏之后的乌鸦飞过时，只能够隔着窗子听到那很少的尚未睡的孩子在嚷叫：

乌鸦乌鸦你打场，

给你二斗粮。

…………

那漫天盖地的一群黑乌鸦呱呱地大叫着，从整个县城的头顶上飞过去了。

据说飞过了呼兰河的南岸，它们就在一个大树林子里边住下了。明天早晨起来再飞。

夏秋之间每夜要过乌鸦，究竟这些成百成千的乌鸦过到哪里去，孩子们是不大晓得的，大人们也不大讲给他们听。

只晓得念这套歌，"乌鸦乌鸦你打场，给你二斗粮"。

究竟给乌鸦二斗粮做什么，似乎不大有道理。

呼兰河的一年四季

乌鸦一飞过，这一天才真正地过去了。

因为大昴星升起来了，大昴星好像铜球似的亮晶晶的了。

天河和月亮也都上来了。

蝙蝠也飞起来了。

凡是跟着太阳一起来的，现在都回去了。人睡了，猪、马、牛、羊也都睡了，燕子和蝴蝶也都不飞了。就连房根底下的牵牛花，也一朵没有开的。含苞的含苞，蜷缩的蜷缩。含苞的准备着欢迎那早晨又要来的太阳，那蜷缩的，因为它已经在昨天欢迎过了，它要落下去了。

随着月亮上来的星夜，大昴星也不过是月亮的一个马前卒，让它先跑到一步就是了。

夜一来蛤蟆就叫，在河沟里叫，在洼地里叫。虫子也叫，在院心草棵子里叫，在城外的大田上叫，有的叫在人家的花盆里，有的叫在人家的坟头上。

夏夜若无风无雨就这样的过去了，一夜又一夜。

很快地夏天就过完了，秋天就来了。秋天和夏天的分别不太大，也不过天凉了，夜里非盖着被子睡觉不可。种田的人白天忙着收割，夜里多做几个割高粱的梦就是了。

女人一到了八月也不过就是浆衣裳、拆被子、捶棒槌，捶得街街巷巷早晚叮叮当当地乱响。

棒槌一捶完，做起被子来，就是冬天。

冬天下雪了。

人们四季里，风、霜、雨、雪地过着，霜打了，雨淋了。

大风来时是飞沙走石，似乎是很了不起的样子。

冬天，大地被冻裂了，江河被冻住了。再冷起来，江河也被冻得锵锵地响着裂开了纹。冬天，冻掉了人的耳朵……冻破了人的鼻子……冻裂了人的手和脚。

但这是大自然的威风，与小民们无关。

呼兰河的人们就是这样，冬天来了就穿棉衣裳，夏天来了就穿单衣裳。就好像太阳出来了就起来，太阳落了就睡觉似的。

被冬天冻裂了手指的，到了夏天也自然就好了。好不了的，去"李永春"药铺，买二两红花，泡一点红花酒来擦一擦，擦得手指通红也不见消，也许会越来越肿。那么再到"李永春"药铺去，这回可不买红花了，是买了一贴膏药来。

回到家里，用火一烤，黏黏糊糊地就贴在冻疮上。这膏药是真好，贴上了一点也不碍事。该赶车的去赶车，该切菜的去切菜。黏黏糊糊的是真好，见了水也不掉，该洗衣裳的洗衣裳去好了。就是掉了，拿在火上一烤，就还贴得上的。

一贴，贴了半个月。

呼兰河这地方的人，什么都讲结实、耐用，这膏药这样的耐用，实在是合乎这地方的人情。虽然贴了半个月，手也还没有见好，但这膏药总算是耐用，没有白花钱。

于是再买一贴去，贴来贴去，这手可就越肿越大了。还有些买不起膏药的，就捡人家贴乏了的来贴。

到后来，那结果，谁晓得是怎样呢，反正一塌糊涂去了吧。

春夏秋冬，一年四季来回循环地走，那是自古就这样的。风霜雨雪，受得住的就过去了，受不住的，就寻求着自然的结果。那自然的结果不大好，把一个人默默地一声不响地就拉着离开了这人间的世界了。

至于那还没有被拉去的，就风霜雨雪，仍旧在人间被吹打着。

祖父的园子

呼兰河这小城里边住着我的祖父。

我生的时候，祖父已经六十多岁了，我长到四五岁，祖父就快七十了。

我家有一个大花园，这花园里蜂子、蝴蝶、蜻蜓、蚂蚱，样样都有。蝴蝶有白蝴蝶、黄蝴蝶。这种蝴蝶极小，不太好看。好看的是大红蝴蝶，满身带着金粉。

蜻蜓是金的，蚂蚱是绿的，蜂子则嗡嗡地飞着，

被选作语文教材（五年级下册）课文，选作课文时有改动。

满身绒毛，落到一朵花上，胖圆圆的就和一个小毛球似的不动了。

花园里边明晃晃的，红的红，绿的绿，新鲜漂亮。

据说这花园，从前是一个果园。祖母喜欢吃果子就种了果园。祖母又喜欢养羊，羊就把果树给啃了。果树于是都死了。到我有记忆的时候，园子里就只有一棵樱桃树，一棵李子树，因为樱桃和李子都不大结果子，所以觉得它们是并不存在的。小的时候，只觉得园子里边就有一棵大榆树。

这榆树在园子的西北角上，来了风，这榆树先啸，来了雨，大榆树先冒烟。太阳一出来，大榆树的叶子就发光了，它们闪烁得和沙滩上的蚌壳一样。

祖父一天都在后园里边，我也跟着祖父在后园里边。祖父戴一个大草帽，我戴一个小草帽；祖父栽花，我就栽花；祖父拔草，我就拔草。当祖父下种种小白菜的时候，我就跟在后边，把那下了种的土窝，用脚一个一个地溜平，哪里会溜得准，东一脚西一脚

地瞎闹。有的不单没把菜种用土盖上，反而把菜籽踢飞了。

小白菜长得非常之快，没有几天就冒了芽了，一转眼就可以拔下来吃了。

祖父铲地，我也铲地；因为我太小，拿不动那锄头杆，祖父就把锄头杆拔下来，让我单拿着那个锄头的"头"来铲。其实哪里是铲，也不过趴在地上，用锄头乱钩一阵就是了。也认不得哪个是苗，哪个是草。往往把韭菜当作野草一起割掉，把狗尾草当作谷穗留着。

等祖父发现我铲的那块满留着狗尾草的一片地时，他就问我："这是什么？"

我说："谷子。"

祖父大笑起来，笑得够了，把草摘下来问我："你每天吃的就是这个吗？"

我说："是的。"

我看着祖父还在笑，我就说："你不信，我到屋里拿来给你看。"

我跑到屋里拿了鸟笼上的一头谷穗，远远地就抛给祖父，说："这不是一样的吗？"

祖父把我叫过去，慢慢地给我讲，说谷子是有芒针的。狗尾草则没有，只是毛嘟嘟的真像狗尾巴。

祖父虽然教我，我看了也并不细看，也不过马马虎虎承认下来就是了。一抬头看见一个黄瓜长大了，跑过去摘下来，我又吃黄瓜去了。

黄瓜也许没有吃完，又看见了一只大蜻蜓从旁边飞过，于是丢了黄瓜又去追蜻蜓了。蜻蜓飞得多么快，哪里会追得上。好在一开始也没有存心一定追上，所以站起来，跟着蜻蜓跑了几步就又去做别的了。

采一个倭瓜花心，捉一只大绿豆青蚂蚱，把蚂蚱腿用线绑上，绑了一会儿，也许把蚂蚱腿就绑掉了，线头上只拴了一条腿，而不见蚂蚱了。

玩腻了，又跑到祖父那里去乱闹一阵，祖父浇菜，我也抢过来浇，奇怪的就是并不往菜上浇，而是拿着水瓢，拼尽了力气，把水往天空里一扬，大喊着："下雨了，下雨了。"

太阳在园子里是特大的，天空是特别高的，太阳的光芒四射，亮得使人睁不开眼睛，亮得蚯蚓不敢钻出地面来，蝙蝠不敢从什么黑暗的地方飞出来。凡在太阳下的，都是健康的、漂亮的，拍一拍连大树都会发响的，叫一叫就是站在对面的土墙都会回答似的。

花开了，就像花睡醒了似的。鸟飞了，就像鸟上天了似的。虫子叫了，就像虫子在说话似的。一切都活了，都有无限的本领，要做什么，就做什么。要怎么样，就怎么样。都是自由的。倭瓜愿意爬上架就爬上架，愿意爬上房就爬上房。

黄瓜愿意开一个谎花，就开一个谎花，愿意结一根黄瓜，就结一根黄瓜。若都不愿意，就是一根黄瓜也不结，一朵花也不开，也没有人问它。玉米愿意长多高就长多高，它若愿意长上天去，也没有人管。蝴蝶随意地飞，一会儿从墙头上飞来一对黄蝴蝶，一会儿又从墙头上飞走了一只白蝴蝶。它们是从谁家来的，又飞到谁家去？太阳也不知道。

只是天空蓝悠悠的，又高又远。

可是白云一来了的时候，那大团的白云，好像撒了花的白银似的，从祖父的头上经过，低得好像要压到了祖父的草帽。

我玩累了，就在房子底下找了个阴凉的地方，我睡着了，不用枕头，不用席子，就把草帽遮在脸上就睡了。

祖父、祖母和我

祖父的眼睛是笑盈盈的，祖父的笑，常常笑得和孩子似的。

祖父是个长得很高的人，身体很健康，手里喜欢拿着个手杖。嘴上则不住地抽着旱烟管，遇到了小孩子，每每喜欢开个玩笑，说："你看天空飞个家雀。"

趁那孩子往天空一看，就伸出手去把那孩子的帽子给取下来了，有的时候放在长衫的下边，有的时候放在袖口里头。他说："家雀叼走了你的帽子啦。"

孩子们都知道祖父的这一手了，并不以为奇，就抱住他的大腿，向他要帽子，摸着他的袖管，撕着他

的衣襟，一直到找出帽子来为止。

祖父常常这样做，也总是把帽子放在同一个地方，总是放在袖口和衣襟下。那些找帽子的孩子没有一次不是在他衣襟下把帽子拿出来的，好像他和孩子们约定好了似的："我就放在这块，你来找吧！"

这样不知做过了多少次，就像老太太永久讲着"上山打老虎"这一个故事给孩子们听似的，哪怕是已经听了五百遍，也还是在那里次次拍手，次次叫好。

每当祖父这样做一次的时候，祖父和孩子们都一齐地笑得不得了，好像这戏还像第一次演似的。

别人看了祖父这样做，也有笑的，可不是笑祖父的手法好，而是笑他天天使用一种方法抓掉了孩子的帽子，这未免可笑。

祖父不怎么会理财，一切家务都由祖母管理。祖父只是自由自在地一天闲着；我想，幸好我长大了，我三岁了，不然祖父该多寂寞。我会走了，我会跑了。我走不动的时候，祖父就抱着我；我走动了，祖父就拉着我。一天到晚，门里门外，寸步不离，而祖父多半是在后园里，于是我也在后园里。

我小的时候，没有什么同伴，我是我母亲的第一个孩子。

我记事很早，在我三岁的时候，我记得我的祖母用针刺过我的手指，所以我很不喜欢她。我家的窗子，都是四边糊纸，当中嵌着玻璃。祖母有洁癖，她屋的窗纸最白净。

别人抱着把我一放在祖母的炕边上，我不假思索地就往炕里边跑，跑到窗子那里，就伸出手去，把那白白透着花窗棂的纸窗给捅几个洞，若不加阻止，就必得挨着排给捅破，若有人招呼着我，我也得加速地抢着多捅几个才能停止。手指一触到窗上，那纸窗像小鼓似的，嘭嘭地就破了。破得越多，自己越得意。祖母若来追我，我就更得意了，笑得拍着手，跳着脚。

有一天祖母看我来了，她拿了一个大针就到窗子外边等我去了。我刚一伸出手去，手指就痛得厉害。

我就叫起来了。那就是祖母用针刺了我。

从此，我就记住了，我不喜欢她。

虽然她也给我糖吃，她咳嗽时吃猪腰烧川贝母，也分给我猪腰，但是我吃了猪腰还是不喜欢她。

在她临死之前，病重的时候，我还会吓她一跳。有一次她自己一个人坐在炕上熬药，药壶是坐在炭火盆上的，因为屋里特别寂静，听得见那药壶咕噜咕噜地响。祖母住着两间房子，是里外屋，恰巧外屋也没有人，里屋就她自己。我把门一开，祖母并没有看见我，于是我就用拳头在板隔壁上咚咚地打了两拳。我听到祖母哟的一声，铁火剪子就掉到地上了。

我再探头一望，祖母就骂起我来。她好像就要下地来追我似的。我就一边笑着，一边跑了。

我这样的吓唬祖母，也并不是向她报仇，那时我才五岁，是不晓得什么的，也许觉得这样好玩。

祖父一天到晚是闲着的，祖母什么工作也不分配给他。只有一件事，就是祖母的地榇上的摆设，有一套锡器，却总是祖父擦。这可不知道是祖母派给他

的，还是他自动地愿意工作，每当祖父一擦的时候，我就不高兴，一方面是不能领着我到后园里去玩了，另一方面祖父因此常常挨骂，祖母骂他懒，骂他擦得不干净。祖母一骂祖父的时候，就常常不知为什么连我也骂上。

祖母一骂祖父，我就拉着祖父的手往外边走，一边说："我们后园里去吧。"

也许因此祖母也骂了我。

她骂祖父是"死脑瓜骨"，骂我是"小死脑瓜骨"。

我拉着祖父就到后园里去了，一到了后园里，立刻就是另一个世界了。绝不是那房子里的狭窄的世界，而是宽广的，人和天地在一起，天地是多么大，多么远，用手摸不到天空。而土地上所长的又是那么繁华，一眼看上去，是看不完的，只觉得眼前鲜绿一片。

一到后园里，我就没有对象地奔了出去，好像我是看准了什么而奔去了似的，好像有什么在那儿等着我似的。其实我是什么目的也没有。只觉得这园子里边无论什么东西都是活的，好像我的腿也非跳不可了。

若不是把全身的力量跳尽了，祖父怕我累想招呼住我是不可能的，反而他越招呼，我越不听话。

等到自己实在跑不动了，才坐下来休息，那休息也是很快的，也不过随便在秧子上摘下一个黄瓜来，吃了也就好了。

休息好了又是跑。

樱桃树，明明没有结樱桃，就偏跑到树上去找樱桃。李子树是半死的样子了，本不结李子的，就偏去找李子。一边在找，还一边大声地喊，在问着祖父："爷爷，樱桃树为什么不结樱桃？"

祖父老远地回答着："因为没有开花，就不结樱桃。"

我再问："为什么樱桃树不开花？"

祖父说："因为你嘴馋，它就不开花。"

我一听了这话，明明是嘲笑我的话，于是就飞奔着跑到祖父那里，似乎是很生气的样子。等祖父把眼睛一抬，他用了完全没有恶意的眼睛一看我，我立刻就笑了，而且是笑了半天的工夫才能够止住，不知哪里来了那许多的高兴，后园一时都让我搅乱了，我笑的声音不知有多大，自己都感到震耳了。

后园中有一棵玫瑰，一到五月就开花，一直开到六月。

花朵像酱油碟那么大，开得很茂盛，满树都是，因为花香，招来了很多蜂子，嗡嗡地在玫瑰树那儿闹着。

别的一切都玩厌了的时候，我就想起来去摘玫瑰花，摘了一大堆把草帽脱下来用帽兜子盛着。在摘花的时候，有两种恐惧：一种是怕蜂子的钩刺人，另一种是怕玫瑰的刺刺手。好不容易摘了一大堆，可摘完了又不知道做什么。忽然异想天开，这花若给祖父戴起来该多好看。

祖父蹲在地上拔草，我就给他戴花。祖父只知道我是在捉弄他的帽子，而不知道我到底是在干什么。

我把他的草帽给他插了一圈的花，红通通的二三十朵。我一边插一边笑，当我听到祖父说："今年春天雨水大，咱们这棵玫瑰开得这么香，二里路也怕闻得到的。"就把我笑得哆嗦起来。我笑得几乎没有力气再插上去。等我插完了，祖父还是安然地不晓得。他还照样拔着垄上的草。我跑到很远处站着，我不敢往祖父那边看，一看就想笑。所以我借机进屋去找一点吃的来，还没等我回到园中，祖父也进屋来了。

那满头红通通的花朵，一进来祖母就看见了。她什么也没说，就大笑了起来。父亲母亲也笑了起来，而以我笑得最厉害，我在炕上打着滚笑。

祖父把帽子摘下来一看，原来那玫瑰的香并不是因为今年春天雨水大的缘故，而是那花就顶在他的头上。

他把帽子放下，他笑了十多分钟还停不住，过一会儿一想起来，又笑了。

祖父刚有点忘记了，我就在旁边提起："爷爷……今年春天雨水大呀……"

一提起，祖父的笑就来了，于是我又在炕上打起滚来。

就这样一天一天的，祖父、后园、我，这三样是一样也不可缺少的了。

刮了风，下了雨，祖父不知怎样，在我却是非常寂寞的了。去没有去处，玩没有玩的，觉得这一天不知有多少日子那么长。

●作 家 介 绍
●萧红作品精选
●经典名句赏析

扫码领取

记忆里的冬天

偏偏这后园每年都要封闭一次的，秋雨之后这花园就开始凋零了，黄的黄、败的败，一切花朵好像很快似的都灭了，好像有人把它们摧残了似的，它们一齐都没有从前那么健康了，好像它们都很疲倦了要休息了似的，好像要收拾收拾回家去了似的。

大榆树也是落着叶子，当我和祖父偶尔在树下坐坐，树叶竟落在我的脸上来了。树叶飞满了后园。

没有多少时候，大雪又落下来了，后园就被埋住了。

通到园去的后门，也用泥封起来了，封得很厚，整个冬天挂着白霜。

我家住着五间房子，祖母和祖父共住两间，母亲和父亲共住两间。祖母住的是西屋，母亲住的是东屋。这是五间一排的正房，厨房在中间，一齐是玻璃窗子，青砖墙，瓦房间。

祖母的屋子，一个是外间，一个是内间。外间里摆着大躺箱、地长桌、太师椅。椅子上铺着红椅垫，躺箱上摆着朱砂瓶，长桌上列着座钟。钟的两边站着帽筒。帽筒上并不挂着帽子，而是插着几个孔雀翎。

我小的时候，就喜欢这个孔雀翎，我说它有金色的眼睛，总想用手摸一摸，祖母就一定不让摸，祖母是有洁癖的。

还有祖母的躺箱上摆着一个座钟，那座钟是非常稀奇的，画着一个穿着古装的大姑娘，好像活了似的，每当我到祖母屋去，若是屋子里没有人，她就总用眼睛瞪我，我几次告诉过祖父，祖父说："那是画的，她不会瞪人。"

我一定说她是会瞪人的，因为我看得出来，她的眼珠像是会转。

还有祖母的大躺箱上也尽雕着小人儿，尽是穿古装衣裳的，宽衣大袖，还戴顶子，带着翎子。满箱子都刻着，大概有二三十个人，有吃酒的，吃饭的，还有作揖的……

我总想要细看一看，可是祖母不让我沾边，我还离得很远的，她就说："可不许用手摸，你的手脏。"

祖母的内间里边，在墙上挂着一个很古怪很古怪的挂钟，挂钟的下边用铁链子垂着两穗铁苞米。铁苞米比真的苞米大了很多，看起来非常重，似乎可以打死一个人。再往那挂钟里边看就更稀奇古怪了，有一个小人儿，长着蓝眼珠，钟摆一秒钟就响一下，钟摆一响，那眼珠就同时一转。

那小人儿是黄头发、蓝眼珠，跟我相差太远，虽然祖父告诉我，说那是毛子人，但我不承认她，我看她不像什么人。

所以我每次看这挂钟，就半天半天地看，都看得有点发呆了。我想：这毛子人就总在钟里边待着吗？永久也不下来玩吗？

外国人在呼兰河的土语叫作"毛子人"。我四五岁的时候，还没有见过一个毛子人，以为叫作毛子人就是因为她的头发毛烘烘地卷着。

祖母的屋子除了这些东西，还有很多别的，因为那时候，别的我都不发生什么趣味，所以只记住了这三五样。

母亲的屋里，就连这一类的古怪玩意儿也没有了，都是些普通的描金柜，也是些帽筒、花瓶之类的，没有什么好看的，我没有记住。

这五间房子的组织，除了四间住房一间厨房之外，还有极小的、极黑的两个小后房。祖母一个，母亲一个。那里边装着各种各样的东西，因为是储藏室的缘故。坛子罐子，箱子柜子，筐子篓子。除了自己家的东西，还有别人寄存的。

那里边是黑的，要端着灯进去才能看见。那里边的耗子很多，蜘蛛网也很多。空气不大好，永久有一种扑鼻的和药的气味似的。

我觉得这储藏室很好玩，随便打开哪一只箱子，里边一定有一些好看的东西，花丝线、各种色的绸条、香荷包、搭腰、裤腿、马蹄袖、绣花的领子，古香古色，颜色都配得特别好看。箱子里边也常常有蓝翠的耳环或戒指，被我看见了，我一看见就非要一个玩不可，母亲就常常随手抛给我一个。

还有些桌子带着抽屉的，一打开那里边更有些好玩的东西，铜环、木刀、竹尺、观音粉。这些都是我在别的地方没有看过的，而且这抽屉始终也不锁的，所以我常常随意地开，开了就把每一样，似乎是不加选择地都搜了出去，左手拿着木头刀，右手拿着观音粉，这里砍一下，那里画一下。后来我又得到了一个小锯，用这小锯，我开始毁坏起东西来，在椅子腿上锯一锯，在炕沿上锯一锯。我自己竟把我自己的小木刀也锯坏了。

无论吃饭和睡觉，这些东西我都带在身上，吃饭的时候，我就用这小锯锯着馒头。睡觉做起梦来还喊着："我的小锯哪里去了？"

储藏室好像变成我探险的地方了。我常常趁着母亲不在屋就打开门进去了。这储藏室也有一个后窗，下半天也有一点亮光，我就趁着这亮光打开了抽屉，这抽屉已经被我翻得差不多了，没有什么新鲜的了。翻了一会儿，觉得没有什么趣味了，就出来了。到后来连一块水胶、一段绳头都让我拿出来了，把五个抽屉通通拿空了。

除了抽屉还有筐子、笼子，但那个我不敢动，似乎每一样都是黑洞洞的，灰尘不知有多厚，蛛网蛛丝的不知有多少，因此我连想也不想动那东西。

记得有一次我走到这黑屋子的极深极远的地方去，一个发响的东西撞在我的脚上，我摸起来抱到光亮的地方一看，原来是一个小灯笼，我用手指把灰尘一划，露出来是个红玻璃的。

我在一两岁的时候，大概是见过灯笼的，可是长到四五岁，反而不认识了。我不知道这是个什么。我抱着去问祖父。

祖父给我擦干净了，里边点上个洋蜡烛，于是我欢喜得就打着灯笼满屋跑，跑了好几天，一直到把这灯笼打碎了才算完了。

我在黑屋子里边又碰到了一块木头，这块木头是上边刻着花的，用手一摸，很不光滑，我拿出来用小锯锯着。祖父看见了，说："这是印帖子的帖板。"

我不知道什么叫帖子，祖父刷上一片墨刷一张给我看，我只看见印出来几个小人儿。还有一些乱七八糟的花，还有字。祖父说："咱们家开烧锅的时候，发帖子就是用这个印的，这是一百吊的……还有五十吊的、十吊的……"

祖父给我印了许多，还用鬼子红给我印了些红的。

还有戴缨子的清朝的帽子，我也拿了出来戴上。多少年前的老大的鹅翎扇子，我也拿了出来吹着风。翻了一瓶莎仁出来，那是治胃病的药，母亲吃着，我也跟着吃。

不久，这些八百年前的东西都被我弄出来了。有些是祖母保存着的，有些是已经出了嫁的姑母的遗物，已经在那黑洞洞的地方放了多年了，连动也没有动过，有些个快要腐烂了，有些个生了虫子，因为那些东西早被人们忘记了，好像世界上已经没有那么一回事了。而今天忽然又来到了他们的眼前，他们受了惊似的又恢复了他们的记忆。

每当我拿出一件新的东西的时候，祖母看见了，祖母说："这是多少年前的了！这是你大姑在家里边玩的……"

祖父看见了，祖父说："这是你二姑在家时用的……这是你大姑的扇子，那是你三姑的花鞋……"都有了来历。

但我不知道谁是我的三姑，谁是我的大姑。也许我一两岁的时候，见过她们，可是我到四五岁时，就不记得了。

我祖母有三个女儿，到我长起来时，她们都早已出嫁了。

可见二三十年内就没有小孩子了。而今也只有我一个。实在的还有一个小弟弟，不过那时他才一岁半岁的，所以不算他。

家里边多少年前放的东西没有动过，他们过的是既不向前也不回头的生活，是凡过去的，都算是忘记了，未来的他们也不怎样积极地希望着，只是一天一天地平板地、无怨无尤地在他们祖先给他们准备好的口粮之中生活着。

等我生来了，第一给了祖父无限的欢喜，等我长大了，祖父非常爱我，使我觉得在这个世界上，有了祖父就够了，还怕什么呢？父亲的冷淡，母亲的恶言恶色和祖母用针刺我手指的这些事，都算不了什么。何况又有后园！

后园虽然让冰雪给封闭了，但是又发现了这储藏室。这里边是无穷无尽什么都有，这里边宝藏着的都是我想象不到的东西，使我感到这世界上的东西怎么这样多，而且样样好玩，样样新奇。

比方我得到了一包颜料，是中国的大绿，看那颜料闪着金光，往指甲上一染，指甲就变绿了，往胳臂上一染，胳臂立刻飞来了一片树叶似的。实在是好看，也实在是莫名其妙，所以心里边就暗暗地欢喜，莫非是我得了宝贝？

得了一块观音粉。这观音粉往门上一画，门就白了一道，往窗上一画，窗就白了一道。这可真有点奇怪，大概祖父写字的墨是黑墨，而这是白墨吧！

得了一块圆玻璃，祖父说是"凸透镜"。它在太阳底下一照，竟把祖父装好的一袋烟照着了。

这该多么使人欢喜，什么什么都会变的。你看它是一块废铁，说不定它就有用。比方我捡到一块四方的铁块，上边有一个小窝。祖父把榛子放在小窝里边，打着榛子给我吃。在这小窝里打，不知道比用牙咬要快多少倍。何况祖父老了，他的牙又多半不大好。

我天天从那黑屋子往外搬着，而天天有新的。搬出来一批，玩厌了，弄坏了，就再去搬。因此使我的祖父、祖母常常地慨叹。他们说这是多少年前的了，我的第三个姑母还没有生的时候就有这东西。那是多少年前的了，还是分家的时候，从我曾祖那里得来的呢。又哪样哪样是什么人送的，而那家人家到今天也都家败人亡了，而这东西还存在着。

又是我在玩着的那葡蔓藤的手镯，祖母说她就戴着这个手镯，有一年夏天坐着小车子，抱着我大姑回娘家，路上遇了土匪，把金耳环给摘去了，却没有抢这手镯。若也是金的银的，那该多危险，也一定要被抢去的。

我听了问她："我大姑在哪儿?"

祖父笑了。祖母说："你大姑的孩子比你都大了。"

原来是四十年前的事情，我哪里知道。可是藤手镯戴在我的手上，我举起手来，摇了一阵，那手镯好像风车似的，滴溜溜地转，手镯太大了，我的手腕太细了。

祖母看见我把从前的东西都搬出来了，她常常骂我："你这孩子，没有东西不拿着玩的，这小不成器的……"

她嘴里虽然是这样说，但她又在光天化日之下得以重看到这东西，也似乎给了她一些回忆的满足。所以她说我时并不十分严苛的，我当然是不听她，该拿还是照旧地拿。

于是我家里久不见天日的东西，经我这一搬弄，才得以重见了天日。于是坏的坏，扔的扔，也就都从此消灭了。

我有记忆的第一个冬天，就这样过去了。没有感到十分的寂寞，但总不如在后园里那样玩着好。但孩子是容易忘记的，也就随遇而安了。

扫码领取
● 作 家 介 绍
● 萧 红 作 品 精 选
● 经 典 名 句 赏 析

兰　哥

　　第二年夏天，后园里种了不少的韭菜，是因为祖母喜欢吃韭菜馅儿的饺子而种的。

　　可是当韭菜长起来时，祖母就病重了，不能吃这韭菜了，家里别的人也没有吃这韭菜的，韭菜就在园子里荒着。

　　祖母病重，家里变得非常热闹，来了我的大姑母，又来了我的二姑母。

　　二姑母是坐着她自家的小车子来的。那拉车的骡子挂着铃铛，哗哗啷啷地停在窗前了。

　　从那车上就跳下来第一个小孩，那小孩比我高一点，是二姑母的儿子。他的小名叫"小兰"，祖父让我叫他兰哥。

别的我都不记得了，只记得不大一会儿工夫我就把他领到后园里去了。告诉他这个是玫瑰树，这个是狗尾草，这个是樱桃树。樱桃树是不结樱桃的，我也告诉了他。

不知道在这之前他见过我没有，可我并没有见过他。

我带他到东南角上去看那棵李子树时，还没有走到跟前，他就说："这树前年就死了。"

他说了这样的话，是使我很吃惊的。这树死了，他怎么知道的？我心中立刻来了一种忌妒的情感，觉得这花园是属于我和祖父的，其余的人连晓得也不该晓得才是对的。

我问他："那么你来过我们家吗？"

他说他来过。

这个我更生气了，怎么他来我不晓得呢？

我又问他："你什么时候来的？"

他说前年来的，他还带给我一个毛猴子。他问着我："你忘了吗？你抱着那毛猴子就跑，跌倒了你还哭了哩！"

我无论怎样想也想不起来了。不过总算他送给过我一个毛猴子，可见对我是很好的，于是我就不生他的气了。

从此天天就在一块玩。

他比我大三岁，已经八岁了，他说他在学堂里边念了书的，他还带来了几本书，晚上在煤油灯下他还把书拿出来给我看。书上有小人儿、剪刀、房子。因为都是带着图，我一看就连那字似乎也认识了，我说："这念剪刀，这念房子。"

他说不对："这念剪，这念房。"

我拿过来一细看，果然都是一个字，而不是两个字，我是照着图念的，所以错了。

我也有一盒方字块，这边是图，那边是字，我也拿出来给他看了。从此整天地玩。祖母病重与否，我不知道。不过在她临死的前几天就穿上了满身的新衣裳，好像要出门做客似的，说是怕死了来不及穿。

因为祖母病重，家里热闹得很，来了很多亲戚。忙忙碌碌不知忙些个什么。有的拿了些白布撕着，撕得一条一块的，撕得非常地响亮，旁边就有人拿着针在缝那白布。还有的把一个小罐里边装了米，罐口蒙上了红布。还有的在后园门口笼起火来，在铁火勺里边炸着面饼了。我问她："这是什么？"

"这是打狗饽饽。"她说阴间有十八关，过到狗关的时候，狗就上来咬人，用这饽饽一打，狗吃了饽饽就不咬人了。

似乎是姑妄言之、姑妄听之，我没有听进去。

家里边的人越多，我就越寂寞，走到屋里，问问这个，问问那个，一切都不理解。祖父也似乎把我忘记了。我从后园里捉了一只特别大的蚂蚱送给他去看，他连看也没有看，就说："真好，真好，上后园玩去吧！"

新来的兰哥不陪我时，我就一个人在后园里玩。

缸 帽 子

　　祖母已经死了，人们都到龙王庙上去报过庙回来
了，而我还在后园里边玩着。

　　后园里边下了点雨，我想要进屋去拿草帽，走到
酱缸旁边（我家的酱缸是放在后园里的），一看，有
雨点啪啪地落到缸帽子上。我想这缸帽子该多大，遮
起雨来，比草帽一定更好。

　　于是我就从缸上把它翻下来了，到了地上它还乱
滚一阵，这时候，雨就大了。我好不容易才设法钻进
这缸帽子里。因为这缸帽子太大了，差不多和我一
般高。

我顶着它，走了几步，觉得天昏地暗。重也是很重的，非常吃力。而且自己已经走到哪里了，自己也不晓，只晓得头顶上啪啪啦啦地打着雨点，往脚下看着，脚下只是些狗尾草和韭菜。找了一个韭菜很厚的地方，我就坐下了，一坐下这缸帽子就和个小房子似的扣着我。这比站着好得多，头不必顶着，帽子就扣在韭菜地上，但是里边黑极了，什么也看不见。

　　同时听什么声音，也觉得都远了。大树在风雨里边被吹得呜呜的，好像大树已经被搬到别人家的院子去似的。

　　韭菜是种在北墙根上的，我是坐在韭菜上的。北墙根离家里的房子很远的，家里边那闹嚷嚷的声音也像是来自远方。

　　我细听了一会儿，听不出什么来，还是在我自己的"小屋"里边坐着。这"小屋"这么好，不怕风，不怕雨。站起来走的时候，顶着"屋盖"就走了，有多么轻快。

　　其实是很重的了，顶起来非常吃力。

我顶着缸帽子，一路摸索着，来到了后门口，我是要顶给祖父看看的。

我家的后门槛特别高，迈也迈不过去，因为缸帽子太大，使我抬不起腿来。好不容易两手把腿拉着，弄了半天，总算是过去了。虽然进了屋，仍是不知道祖父在什么方向，于是我就大喊，正在这喊之间，父亲一脚把我踢翻了，差点把我踢到灶口的火堆上去。缸帽子也在地上滚着。

等家人把我抱了起来，我一看，屋子里的人，完全不对了，都穿了白衣裳。再一看，祖母不是睡在炕上，而是睡在一张长板上。从这以后祖母就死了。

我竟聪明了

祖母一死，家里继续着来了许多亲戚，有的拿着香、纸，到灵前哭了一阵就回去了；有的就带着大包小包的来了就住下了。

大门前边吹着喇叭，院子里搭了灵棚，哭声终日，一闹闹了不知多少日子。

请了和尚道士来，一闹闹到半夜，所来的都是吃、喝、说、笑。

我也觉得好玩，所以就特别高兴起来，又加上从前我没有小同伴，而现在有了。比我大的，比我小的，共有四五个。

我们上树爬墙，几乎连房顶也要上去了。

他们带我到小门洞子顶上去捉鸽子，搬了梯子到房檐头上去捉家雀。后花园虽然大，已经装不下我了。

我跟着他们到井口边去往井里边看，那井是多么深，我从未见过。在上边喊一声，里边有人回答。用一个小石子投下去，那响声是很深远的。

他们带我到粮食房子去，到碾磨坊去，有时候竟把我带到街上，是已经离开家了，不跟着家人在一起，我是从来没有走过这样远。

不料除了后园之外，还有更大的地方，我站在街上，不是看什么热闹，不是看那街上的行人车马，而是心里边想：是不是我将来一个人也可以走得很远？

有一天，他们把我带到南河沿上去了，南河沿离我家本不算远，也不过半里多地。可是因为我是第一次去，觉得实在很远，走出汗来了。走过一个黄土坑，又过一个南大营，南大营的门口，有兵把守门。那营房的院子大得在我看来太大了，实在是不应该。

我们的院子就够大的了，怎么能比我们家的院子更大呢，大得有点不大好看了，我走过了，我还回过头来看。

路上有一家人家，把花盆摆到墙头上来了，我觉得这也不大好，若是看不见人家偷去呢！

还看见了一座小洋房，比我们家的房子不知好多少倍。若问我哪里好，我也说不出来，就觉得那房子是一色新，不像我家的房子那么陈旧。

我仅仅走了半里多路，我所看见的可太多了，所以觉得这南河沿实在远。问他们："到了没有？"

他们说："就到的，就到的。"

果然，转过了大营房的墙角，就看见河水了。我第一次看见河水，我不能晓得这河水是从什么地方来的，走了几年了。那河太大了，等我走到河边上，抓了一把沙子抛下去，那河水简直没有因此而脏了一点点。河上有船，但是不很多，有的往东去了，有的往西去了。也有的划到河的对岸去的，河的对岸似乎没有人家，而是一片柳条林。再往远看，就不知道那是

什么地方了，因为也没有人家，也没有房子，也看不见道路，也听不见一点音响。

我想将来是不是我也可以到那没有人的地方去看一看。

除了我家的后园，还有街道。除了街道，还有大河。除了大河，还有柳条林。除了柳条林，还有更远的什么也没有的地方，什么也看不见的地方，什么声音也听不见的地方。

究竟除了这些，还有什么，我越想越不知道了。

就不用说这些我未曾见过的。就说一个花盆吧，就说一座院子吧。院子和花盆，我家里都有。但说那营房的院子就比我家的大，我家的花盆是摆在后园里的，人家的花盆就摆到墙头上来了。

可见我不知道的一定还有。

所以祖母死了，我竟聪明了。

学　诗

祖母死了，我就跟祖父学诗。因为祖父的屋子空着，我就闹着一定要睡在祖父那屋。

早晨念诗，晚上念诗，半夜醒了也是念诗。念了一阵，念困了再睡去。

祖父教我的有《千家诗》，并没有课本，全凭口头传诵，祖父念一句，我就念一句。

祖父说："少小离家老大回……"

我也说："少小离家老大回……"

都是些什么字，什么意思，我不知道，只觉得念起来那声音很好听，所以很高兴地跟着喊。我喊的声

音，比祖父的声音更大。

我一念起诗来，我家的五间房都可以听见，祖父怕我喊坏了喉咙，常常警告着我说："房盖被你抬走了。"

听了这笑话，我略微笑了一会儿工夫，过不了多久，就又喊起来了。

夜里也是照样地喊，母亲吓唬我，说再喊她要打我。

祖父也说："没有你这样念诗的，你这不叫念诗，你这叫乱叫。"

但我觉得这乱叫的习惯不能改，若不让我叫，我念它干什么。每当祖父教我一首新诗，一开头我若听了不好听，我就说："不学这个。"

祖父于是就换一个，换一个不好，我还是不要。

春眠不觉晓，

处处闻啼鸟，

夜来风雨声，

花落知多少。

这一首诗，我很喜欢，我一念到第二句，"处处闻啼鸟"那"处处"两个字，我就高兴起来了，觉得这首诗实在是好，真好听，"处处"该多好听。

还有一首我更喜欢的：

重重叠叠上瑶台，

几度呼童扫不开。

刚被太阳收拾去，

又教明月送将来。

就这"几度呼童扫不开"，我根本不知道什么意思，就念成"西沥忽通扫不开"。

越念越觉得好听，越念越有趣味。

还当客人来了，祖父总是呼我念诗的，我就总喜念这一首。

那客人不知听懂了与否，只是点头说好。

最喜欢的诗

就这样瞎念，到底不是久计。念了几十首之后，祖父开讲了。

"少小离家老大回，乡音无改鬓毛衰。"

祖父说："这是说小的时候离开了家到外边去，老了回来了。乡音无改鬓毛衰，这是说家乡的口音还没有改变，胡子可白了。"

我问祖父："为什么小的时候离家？离家到哪里去？"

祖父说："好比爷像你那么大离家，现在老了回来了，谁还认识呢？儿童相见不相识，笑问客从何处来。小孩子见了就招呼着说：你这个白胡子老头儿，是从哪里来的？"

我一听觉得不大好，赶快就问祖父："我也要离家吗？等我胡子白了回来，爷爷你也不认识我了吗？"

心里很恐惧。

祖父一听就笑了："等你老了还有爷爷吗？"

祖父说完了，看我还是不很高兴，他又赶快说："你不离家的，你哪里能够离家……快再念一首诗吧！念'春眠不觉晓……'"

我一念起"春眠不觉晓"来，又是满口地大叫，得意极了。完全高兴，什么都忘了。

但从此再读新诗，一定要先讲的，没有讲过的也要重讲。

似乎那大嚷大叫的习惯稍稍好了一点。

"两个黄鹂鸣翠柳，一行白鹭上青天。"

这首诗本来我也很喜欢的，黄梨是很好吃的。经祖父这一讲，说是两只鸟，于是不喜欢了。

去年今日此门中，人面桃花相映红。

人面不知何处去，桃花依旧笑春风。

这首诗祖父讲了我也不明白，但是我喜欢这首。因为其中有桃花，桃树一开了花不就结桃吗？桃子不是好吃吗？

所以每念完这首诗，我就接着问祖父："今年咱们的樱桃树开不开花？"

赶 鸭 子

除了念诗之外，我还很喜欢吃。

记得大门洞子东边那家是养猪的，一头大猪在前边走，一群小猪跟在后边。有一天一头小猪掉井里了，人们用抬土的筐子把小猪从井里吊了上来。吊上来，那小猪早已死了。井口旁边围了很多人看热闹，祖父和我也在旁边看热闹。

那小猪一被打上来，祖父就说他要那小猪。

祖父把那小猪抱到家里，用黄泥裹起来，放在灶坑里烧上了，烧好了给我吃。

我站在炕沿旁边，那整个的小猪就摆在我的眼前，祖父把那小猪一撕开，立刻就冒了油，真香，我从来没有吃过那么香的东西，从来没吃过那么好吃的东西。

第二次，又有一只鸭子掉井里了，祖父也用黄泥包起来，烧上给我吃了。

在祖父烧的时候，我也帮着忙，帮着祖父搅黄泥，一边喊着，一边叫着，好像啦啦队似的给祖父助兴。

鸭子比小猪更好吃，那肉是不怎么肥的，所以我最喜欢吃鸭子。

我吃，祖父在旁边看着。祖父不吃。等我吃完了，祖父才吃。他说我的牙齿小，怕我咬不动，先让我选嫩的吃，我吃剩了的他才吃。

祖父看我每咽下去一口，他就点一下头，而且高兴地说"这小东西真馋"或是"这小东西吃得真快"。

我的手满是油，随吃随在大襟上擦着，祖父看了也并不生气，只是说："快蘸点盐吧，快蘸点韭菜花吧，空口吃不好，等会儿要反胃的……"

说着就捏几个盐粒放在我手上拿着的鸭子肉上，我一张嘴又进肚了。

祖父越称赞我能吃，我越吃得多。祖父看看不好了，怕我吃多了，让我停下，我才停下来。我明明白白地是吃不下去了，可是我嘴里还说着："一个鸭子还不够呢！"

自此吃鸭子的印象非常之深，等了好久，鸭子再不掉到井里，我看井沿有一群鸭子，我拿了秫秆就往井里边赶，可是鸭子不进去，围着井口转，呱呱地叫着。我就招呼了在旁边看热闹的小孩子，我说："帮我赶哪！"

正在吵吵叫叫的时候，祖父奔到了，祖父说："你在干什么？"

我说："赶鸭子，鸭子掉井里，捞出来好烧吃。"

祖父说："不用赶了，爷爷抓个鸭子给你烧着。"

我不听他的话，我还是追在鸭子的后边跑着。

祖父上前来把我拦住了，抱在怀里，一面给我擦着汗一面说："跟爷爷回家，抓只鸭子烧上。"

我想：不掉井的鸭子，抓都抓不住，可怎么能规规矩矩贴起黄泥来让烧呢？于是我从祖父的身上往下挣扎着，喊着："我要掉井里的！我要掉井里的！"

　　祖父几乎抱不住我了。

静悄悄的清早

我家是荒凉的。

天还未明，鸡先叫了；后边磨坊里那梆子声还没有停止，天就发白了。天一发白，乌鸦群就来了。

我睡在祖父旁边，祖父一醒，我就让祖父念诗，祖父就念：

春眠不觉晓，处处闻啼鸟。

夜来风雨声，花落知多少？

"春天睡觉不知不觉地就睡醒了，醒了一听，处处有鸟叫着，回想昨夜的风雨，可不知道今早花落了多少。"

是每念必讲的，这是我的约请。

祖父正在讲着诗，我家的老厨子就起来了。

他咳嗽着，听得出来，他担着水桶到井边去挑水了。

井口离我家的住房很远，他摇着井绳哗啦啦地响，日里是听不见的，可是在清晨，就听得分外地清楚。

老厨子挑完了水，家里还没有人起来。

听得见老厨子刷锅的声音唰啦啦地响。老厨子刷完了锅，烧了一锅洗脸水了，家里还没有人起来。

我和祖父念诗，一直念到太阳出来。

祖父说："起来吧。"

"再念一首。"

祖父说："再念一首可得起来了。"

于是再念一首，一念完了，我又赖起来不算了，说再念一首。

每天早晨都是这样纠缠不清地闹。等一开了门，到院子去。院子里边已经是万道金光了，大太阳晒在头上都滚热的了，太阳两丈高了。

　　祖父到鸡架那里去放鸡，我也跟着去那里，祖父到鸭架那里去放鸭，我也跟在后边。

　　我跟着祖父，大黄狗在后边跟着我。我跳着，大黄狗摇着尾巴。大黄狗的头像盆那么大，又胖又圆，我总想要当一匹小马来骑它。祖父说骑不得。但是大黄狗是喜欢我的，我是爱大黄狗的。

　　鸡从架里出来了，鸭子从架里出来了，它们抖擞着毛，一出来就连跑带叫的，吵得声音很大。

　　祖父撒着通红的高粱粒在地上，又撒了金黄的谷粒子在地上。于是鸡啄食的声音，咯咯地响成群了。喂完了鸡，往天空一看，太阳已经三丈高了。

　　我和祖父回到屋里，摆上小桌，祖父吃一碗饭米汤浇白糖；我则不吃，我要吃烧苞米；祖父领着我，到后园去，蹚着露水去到苞米丛中为我掰一穗苞米来。

掰下来了苞米，袜子、鞋，都湿了。

祖父让老厨子把苞米给我烧上，等苞米烧好了，我已经吃了两碗以上的饭米汤浇白糖了。苞米拿来，我吃了一两个粒，就说不好吃，因为我已吃饱了。于是我手里拿着烧苞米就到院子喂"大黄"去了。"大黄"就是大黄狗的名字。

街上，在墙头外面，各种叫卖声音都有了，卖豆腐的，卖馒头的，卖青菜的。

卖青菜的喊着茄子、黄瓜、荚豆和小葱子。

一挑喊着过去了，又来了一挑；这一挑不喊茄子、黄瓜，而喊芹菜、韭菜、白菜……

街上虽然热闹起来了，而我家里则仍是静悄悄的。

满院子蒿草，草里面叫着虫子。破东西，东一件西一样地扔着。

看起来似乎是因为清早，我家才冷清，其实不然，是因为我家的房子多、院子大、人少。哪怕就是到了正午，也仍是静悄悄的。

每到秋天，在蒿草的当中，也往往开了蓼花，所以引来了不少的蜻蜓和蝴蝶在那荒凉的一片蒿草上闹着。这样一来，不但不觉得繁华，反而更显得荒凉寂寞。

●作家介绍
●萧红作品精选
●经典名句赏析

扫码领取

老胡家的团圆媳妇

　　我玩的时候，除了在后花园里，有祖父陪着，其余的玩法，就只有我自己了。

　　我自己在房檐下搭了个小布棚，玩着玩着就睡在那布棚里了。

　　我家的窗子是可以摘下来的，摘下来直立着是立不住的，就靠墙斜立着，正好立出一个小斜坡来，我称这小斜坡叫"小屋"，我也常常睡到这小屋里边去。

　　我家满院子是蒿草，蒿草上飞着许多蜻蜓，那蜻蜓是为着红蓼花而来的。可是我偏偏喜欢捉它，捉累

了就躺在蒿草里边睡着了。

蒿草里边长着一丛一丛的天星星，好像山葡萄似的，是很好吃的。

我在蒿草里边搜索着吃，吃困了，就睡在天星星秧子的旁边了。

蒿草是很厚的，我躺在上边好像是我的褥子，蒿草是很高的，它给我遮着阴凉。

有一天，我就正在蒿草里边做着梦，那是下午晚饭之前，太阳偏西的时候。大概我睡得不太着实，我似乎是听到了什么地方有不少的人讲着话，说说笑笑，似乎很热闹。但到底发生了什么事情，却听不清，只觉得在西南角上，或者是院里，或者是院外。到底是院里院外，那就不大清楚了。反正是有几个人在一起嚷嚷着。

我似睡非睡地听了一会儿就又听不见了，大概我已经睡着了。等我睡醒了，回到屋里去，老厨子第一个就告诉我："老胡家的团圆媳妇来啦，你还不知道，快吃了饭去看吧！"

老厨子今天特别忙，手里端着一盘黄瓜菜往屋里走，因为跟我指手画脚地一讲话，差一点把菜碟子掉在地上，只把黄瓜丝打翻了。

　　我一走进祖父的屋去，只有祖父一个人坐在饭桌前面，桌子上边的饭菜都摆好了，却没有人吃，母亲和父亲都没有来吃饭，有二伯也没有来吃饭。祖父一看见我，祖父就问我："那团圆媳妇好不好？"

　　大概祖父以为我是去看团圆媳妇回来的。我说我不知道，我在草棵里边吃天星星来着。

　　祖父说："你妈他们都去看团圆媳妇去了，就是那个跳大神的老胡家。"

　　祖父说着就招呼老厨子，让他把黄瓜菜快点拿来。醋拌黄瓜丝，上边浇着辣椒油，红的红，绿的绿，一定是那老厨子又重切了一盘的，那盘我眼看着撒在地上了。

　　祖父一看黄瓜菜也来了，说："快吃吧，吃了饭好看团圆媳妇去。"

　　老厨子站在旁边，用围裙擦着他满脸的汗珠，他每一说话就眨巴眼睛，从嘴里往外喷着唾沫星。他说："那看团圆媳妇的人才多呢！粮米铺的二老婆，带着孩子也去了。后院的小麻子也去了，西院老杨家也来了不少的人，都是从墙头上跳过来的。"

他说他在井沿上打水看见的。

经他这一喧嚷，我说："爷爷，我不吃饭了，我要看团圆媳妇去。"

祖父一定让我吃饭，他说吃了饭他带我去。我急得一顿饭也没有吃好。

我从来没有看过团圆媳妇，我以为团圆媳妇不知道多么好看呢！越想越觉得一定是很好看的，越着急也越觉得是非特别好看不可。不然，为什么大家都去看呢。不然，为什么母亲也不回来吃饭呢。

越想越着急，一定是很好看的节目都看过。若现在就去，还多少看得见一点，若再去晚了，怕是就来不及了。我就催促着祖父："快吃，快吃，爷爷快吃吧。"

那老厨子还在旁边乱讲乱说，祖父间或问他一两句。

我看那老厨子打扰祖父吃饭，我就不让那老厨子说话。那老厨子不听，还是笑嘻嘻地说。我就下地把老厨子硬推出去了。

祖父还没有吃完，老周家的周三奶又来了，是说她的公鸡总是往我家这边跑，她是来捉公鸡的。公鸡已经捉到了，她还不走，她还扒着玻璃窗子跟祖父讲话，她说："老胡家那小团圆媳妇过来，你老爷子还没去看看吗？那看的人才多呢，我还没去呢，吃了饭就去。"

祖父也说吃了饭就去，可是祖父的饭总也吃不完。一会儿要点辣椒油，一会儿要点咸盐面的。我看不但我着急，就是那老厨子也急得不得了了。头上直冒着汗，眼睛直眨巴。

祖父一放下饭碗，连点一袋烟我也不让他点，拉着他就往西南墙角那边走。

一边走，一边心里后悔，眼看着一些看热闹的人都回来了。为什么一定要等祖父呢？不会一个人早点跑着来吗？何况又觉得我躺在草棵子里就已经听见这边有动静了。真是越想越后悔，这事情都闹了一个下半天了，一定是好看的都过去了，一定是来晚了。白来了，什么也看不见了，在草棵子听到了这边说笑，为什么不就立刻跑来看呢？越想越后悔。

自己和自己生气，等到了老胡家的窗前，一听，果然连一点声音也没有了，差一点气哭了。等真的进屋一看，全然不是那么一回事，母亲，周三奶奶，还有些个不认识的人，都在那里，与我想象的完全不一样，没有什么好看的，团圆媳妇在哪儿，我也看不见，经人家指指点点的，我才看见了。不是什么媳妇，而是一个小姑娘。

我一看就没有兴趣了，拉着爷爷就向外边走，说："爷爷回家吧。"

等第二天早晨她出来倒洗脸水的时候，我看见她了。她的头发又黑又长，梳着很长的辫子，普通姑娘的辫子都是到腰间那么长，而她的辫子竟快到膝间了。她黑乎乎的，笑呵呵的。

院子里的人，看过老胡家的团圆媳妇之后，没有什么不满意的地方。不过都说太大方了，不像个团圆媳妇了。

周三奶奶说："见人一点也不知道羞。"

隔院的杨老太太说："那才不怕羞呢！头一天来到婆家，吃饭就吃三碗。"

周三奶奶又说："哟哟！我可没见过，别说还是一个团圆媳妇，就说一进门就姓了人家的姓，也得头两天看看人家的脸色。哟哟！那么大的姑娘。她今年十几岁啦？"

"听说十四岁嘛！"

"十四岁会长得那么高，一定是瞒岁数了。"

"可别说呀！也有早长的。"

"可是他们家可怎么睡呢？"

"可不是，老少三辈，就三铺小炕……"

这是杨老太太扒在墙头上和周三奶奶讲的。

至于我家里，母亲也说那团圆媳妇不像个团圆媳妇。

老厨子说："没见过，大模大样的，两个眼睛骨碌骨碌地转。"

有二伯说："介（这）年头是啥年头呢，团圆媳妇也不像个团圆媳妇了。"

只是祖父什么也不说，我问祖父："那团圆媳妇好不好？"

祖父说："怪好的。"

于是我也觉得怪好的。

她天天牵马到井边上去饮水，我看见她好几回，中间没有什么人介绍，她看看我就笑了，我看看她也笑了。我问她十几岁，她说："十二岁。"

我说不对。

"你十四岁的，人家都说你十四岁。"

她说："他们看我长得高，说十二岁怕人家笑话，让我说十四岁的。"

我不知道，为什么长得高还让人家笑话，我问她："你到我们草棵子里去玩好吧！"

她说："我不去，他们不让。"

老胡家的哭声

过了没有几天，那家就打起团圆媳妇来了，打得特别厉害，那叫声不管多远都可以听得见的。

这全院子都是没有小孩子的人家，从没有听到过谁家在哭叫。

邻居左右因此又都议论起来，说早就该打的，哪有那样的团圆媳妇一点也不害羞，坐到那儿坐得笔直，走起路来走得风快。

她的婆婆在井边上饮马，和周三奶奶说："给她一个下马威。你听着吧，我回去我还得打她呢，这小团圆媳妇才厉害呢！没见过，你拧她大腿，她咬你；

再不然，她就说她回家。"

从此以后，我家的院子里，天天有哭声，哭声很大，一边哭，一边叫。

祖父到老胡家去说了几回，让他们不要打她了；说小孩子，知道什么，有点差错教导教导也就行了。

后来越打越厉害了，不分昼夜，我睡到半夜醒来和祖父念诗的时候，念着念着就听西南角上哭叫起来了。

我问祖父："是不是那小团圆媳妇哭？"

祖父怕我害怕，说："不是，是院外的人家。"

我问祖父："半夜哭什么？"

祖父说："别管那个，念诗吧。"

清早醒了，正在念"春眠不觉晓"的时候，那西南角上的哭声又来了。一直哭了很久，到了冬天，这哭声才算没有了。

让老胡家二月搬家

虽然不哭了，那西南角上又夜夜跳起大神来，打着鼓，叮当叮当地响；大神唱一句，二神唱一句，因为是夜里，听得特别清晰，一句半句的我都记住了。

什么"小灵花呀"，什么"胡家让她去出马呀"。差不多每天大神都唱些个这个。

早晨起来，我就模拟着唱："小灵花呀，胡家让她去出马呀……"而且叮叮当，叮叮当的，用声音模拟着打鼓。

"小灵花"就是小姑娘；"胡家"就是胡仙，"胡仙"就是狐狸精；"出马"就是当跳大神的。

大神差不多跳了一个冬天，把那小团圆媳妇就跳出毛病来了。那小团圆媳妇，脸色有点黄，没有夏天她刚来的时候那么黑了，不过还是笑呵呵的。

祖父带着我到那家去串门，那小团圆媳妇还过来给祖父装了一袋烟。她看见我，也还偷着笑，大概她怕她婆婆看见，所以没和我说话。

她的辫子还是很长的。她的婆婆说她有病了，跳神给她赶鬼。等祖父临出来的时候，她的婆婆跟出来了，小声跟祖父说："这团圆媳妇，怕是要不好，是个胡仙旁边的，胡仙要她去出马……"

祖父想要让他们搬家，但呼兰河这地方有个规矩，春天是二月搬家，秋天是八月搬家。一过了二八月就不是搬家的时候了。

每当半夜我们让跳神惊醒的时候，祖父就说："明年二月就让他们搬了。"

我听祖父说了好几次这样的话。当我模拟着大神喝喝咧咧地唱着"小灵花"的时候，祖父也说那同样的话，明年二月让他们搬家。

小女孩和虎狼

可是在这期间，院子的西南角上就越闹越厉害。请一个大神，请好几个二神，鼓声连天地响。

说那小团圆媳妇若再去让她出马，她的命就难保了，所以请了不少的二神来，设法从大神那里把她要回来。

于是有许多人给他家出了主意，人哪能够见死不救呢？于是凡有善心的人都帮起忙来。他说他有一个偏方，她说她有一个邪令。

有的主张给她扎一个谷草人，到南大坑去烧了。有的主张到扎彩铺去扎一个纸人，叫作"替身"，把它烧了或者可以替了她。有的主张给她画上花脸，把大神请到家里，让那大神看了，嫌她太丑，也许就不捉她当弟子了，就可以不必出马了。

周三奶奶则主张给她吃一个全毛的鸡，连毛带腿地吃下去，选一个星星出全的夜，吃了用被子把人蒙起来，让她出一身大汗。蒙到第二天早晨鸡叫，再把她从被子放出来。她吃了鸡，她又出了汗，她的魂灵里边因此就永远有一只鸡存在着，神鬼和胡仙黄仙就都不敢上她的身了。传说鬼是怕鸡的。

据周三奶奶说，她的曾祖母就被胡仙抓住过，闹了整整三年，差一点死了，最后就是用这个方法治好的。因此一生不再闹别的病了。她半夜里正做一个噩梦，她正吓得要命，她魂灵里边的那只鸡，就帮了她的忙，只叫了一声，噩梦就醒了。她一辈子没生过病。说也奇怪，就是到死，也死得不凡，她死那年已经是八十二岁了。八十二岁还能够拿着花线绣花，正给她小孙子绣花兜肚嘴。绣着绣着，就有点困了，她坐在木凳上，背靠着门扇就打一个盹儿。这一打盹儿就死了。

别人就问周三奶奶："你看见了吗?"

她说："可不是……你听我说呀,死了三天三夜按都按不倒。后来没有办法,给她打着一口棺材也是坐着的,把她放在棺材里,那脸色红扑扑的,还和活着的一样……"

别人问她："你看见了吗?"

她说："哟哟!你这问得可怪,传话传话,一辈子谁能看见多少,不都是传话传的嘛!"

她有点不大高兴了。

再说西院的杨老太太,她也有个偏方,她说黄连二两,猪肉半斤,把黄连和猪肉都切碎了,用瓦片来焙,焙好了,压成面,用红纸包分成五包包起来。每次吃一包,专治惊风、掉魂。

这个方法倒也简单。虽然团圆媳妇害的病可不是惊风、掉魂,似乎有点药不对症,但也无妨试一试,好在只是二两黄连、半斤猪肉。何况呼兰河这个地方,又常有卖便宜猪肉的。虽说那猪肉怕是瘟猪,有点靠不住，但那是治病，也不是吃，又有什么关系。

"去，买上半斤来，给她治一治。"

旁边有的赞成地说："反正治不好也治不坏。"

她的婆婆也说："反正死马当活马治吧！"

于是团圆媳妇先吃了半斤猪肉加二两黄连。

这药是婆婆亲手给她焙的。可是切猪肉是他家的大孙子媳妇给切的。那猪肉虽然是连紫带青的，但中间毕竟有一块是很红的，大孙子媳妇就偷着把这块给留下来了，因为她想，奶奶婆婆不是四五个月没有买到一点荤腥了吗？于是她就给奶奶婆婆偷着下了一碗面疙瘩汤吃了。

奶奶婆婆问："哪儿来的肉？"

大孙子媳妇说："你老人家吃就吃吧，反正是孙子媳妇给你做的。"

那团圆媳妇的婆婆是在灶坑里边搭起瓦来给她焙药。一边焙着，一边说："这可是半斤猪肉，一条不缺……"

越焙，那猪肉的味越香，有一只小猫嗅到了香味来了，想要在那已经焙好了的肉干上攫一爪，它刚一伸爪，团圆媳妇的婆婆一边用手打着那猫，一边说："这也是你动得爪的吗？你这馋嘴巴，人家这是治病啊，是半斤猪肉，你也想要吃一口？你若吃了这口，人家的病可治不好了。一个人活活地要死在你身上，你这不知好歹的。这是整整半斤肉，不多不少。"

药焙好了，压碎了就冲着水给团圆媳妇吃了。

一天吃两包，才吃了一天，第二天早晨，药还没有再吃，还有三包压在灶王爷板上，那些传偏方的人就又来了。

有的说，黄连可怎么能够吃得？黄连是大凉药，出虚汗像她这样的人，一吃黄连就要泄了元气，一个人要泄了元气那还得了吗？

又一个人说："那可吃不得呀！吃了过不去两天就要一命归阴的。"

团圆媳妇的婆婆说："那可怎么办呢？"

那个人就慌忙地问："吃了没有呢？"

团圆媳妇的婆婆刚一开口，就被他家的聪明的大孙子媳妇给遮过去了，说："没吃，没吃，还没吃。"

那个人说："既然没吃就不要紧，真是你老胡家有天福，吉星高照，你家差点摊了人命。"

于是他又给出了个偏方，这偏方，据他说已经不算是偏方了，就是东二道街上"李永春"药铺的先生也常常用这个方单，是一用就好的，百试百灵。不管男、女、老、幼，一吃一个好，也不管什么病，头痛、脚痛、肚子痛、五脏六腑痛，跌、打、刀伤，生疮、生疔、生疖子……

不管什么病，药到病除。

这究竟是什么药呢？人们越听这药的效力大，就越想知道究竟是怎样的一种药。

他说："年老的人吃了，眼花缭乱，又恢复到了青春。"

"年轻的人吃了，力气之大，可以搬动泰山。"

"妇女吃了，不用胭脂粉，就可以面如桃花。"

"小孩子吃了，八岁可以拉弓，九岁可以射箭，十二岁可以考状元。"

开初，老胡家的全家都为之惊动，到后来怎么越听越远了。本来老胡家一向是赶车拴马的人家，一向没有考状元。

大孙子媳妇就让一些围观的闪开一点，她到梳头匣子里拿出一根画眉的柳条炭来。

她说："快请把药方开给我们吧，好赶早到药铺去抓药。"

这个出药方的人，本是"李永春"药铺的厨子。三年前就离开"李永春"了。三年前他和一个妇人吊膀子，那妇人背弃他，还带走了他半生所积下的那点钱财，因此一气而成了个半疯。虽然是个半疯，但他在"李永春"那里所记住的药名字还没有全然忘记。

他是不会写字的，他就用嘴说："车前子二钱，当归二钱，生地二钱，藏红花二钱，川贝母二钱，白术二钱，远志二钱，紫河车二钱……"

他说着说着似乎就想不起来了，急得头顶一冒汗，张口就说红糖二斤，就算完了。

说完了，他就和人家讨酒喝。

"有酒没有，给两盅喝喝。"这半疯，全呼兰河的人都晓得，只有老胡家不知道。因为老胡家是外来户，所以受了他的骗了。家里没有酒，就给了他两吊钱的酒钱。那个药方是根本不能够用的，是他随意胡说了一阵的结果。

团圆媳妇的病，一天比一天严重，据他家里的人说，夜里睡觉，她要忽然坐起来的。看了人她会害怕的。她的眼睛里边老是充满了眼泪。这团圆媳妇大概非出马不可了。若不让她出马，大概人要好不了的。

这种传说，一传出来，东邻西邻的，又都去建了议，都说哪能够见死不救呢？有的说，让她出马就算了。有的说，还是不出马的好。年轻轻的就出马，这一辈子可得什么时候才能够到个头。

她的婆婆则是绝对不赞成出马的，她说："大家可不要错猜了，以为我订这媳妇的时候花了几个钱，我不让她出马，好像我舍不得这几个钱似的。我也是那么想，一个小小的人出了马，这一辈子可什么时候才到个头。"

于是大家就都主张不出马的好，想偏方的，请大神的，各种人才齐聚，东说东的好，西说西的好。于是来了一个"抽帖儿的"。

他说他不远千里而来，他是从乡下赶到的。他听城里的老胡家有一个团圆媳妇新接来不久就病了。经过多少名医，经过多少仙家也治不好，他特地赶来看看，万一要用得着，救一个人命也是好的。

这样一说，十分使人感激，于是让到屋里，坐在奶奶婆婆的炕沿上，给他倒一杯水，给他装一袋烟。

大孙子媳妇先过来说："我家的弟妹，年本十二岁，因为她长得太高，就说她十四岁。又说又笑，百病皆无。自接到我们家里就一天一天地黄瘦。到近来就水不想喝，饭不想吃，睡觉的时候睁着眼睛，一惊一乍的。什么偏方都吃过了，什么香火也都烧过了，就是百般地不好……"

大孙子媳妇还没有说完，大娘婆婆就接着说："她来到我家，我没给她气受，哪家的团圆媳妇不受气，一天打八顿，骂三场。可是我也打过她，那是我要给她一个下马威。我只打了她一个多月，虽然说我打得狠了一点，可是不狠哪能够规矩出一个好人来。我也是不愿意狠打她的，打得连喊带叫的，我是为她着想，不打得狠一点，她是不能够中用的。有几回，我是把她吊在大梁上，让她叔公公用皮鞭子狠狠地抽了她几回，打得是有点狠了，打昏过去了。可是只昏了一袋烟的工夫，就用冷水把她浇过来了。是打狠了一点，全身也都打青了，也还出了点血。可是立刻就打了鸡蛋清子给她擦上了。也没有肿得怎样高，也就是十天半月地就好了。这孩子，嘴也是特别硬，我一打她，她就说她要回家。

"我就问她：'哪儿是你的家？这儿不就是你的家吗？'她可就偏不这样说。她说回她的家。我一听就更生气。人在气头上还管得了这个那个，因此我也用烧红过的烙铁烙过她的脚心。

"谁知道来，也许是我把她打掉了魂啦，也许是我把她吓掉了魂啦，她一说她要回家，我不用打她，我就说看你回家，我用锁链子把你锁起来。她就吓得直叫。大仙家也看过了，说是要她出马。一个团圆媳妇的花费也不少呢，你看她八岁我订下她的，一订就是八两银子，年年又是头绳钱，鞋面钱的，到如今又用火车把她从辽阳接来，这一路的盘费。到了这儿，就是今天请神，明天看香火，几天吃偏方。若是越吃越好，那还罢了，可是百般地不见好，将来谁知道来……到结果……"

不远千里而来的这位抽帖儿的，端庄严肃，风尘仆仆，穿的是蓝袍大衫，罩着棉袄，头上戴的是长耳四喜帽，使人一见了就要尊之为师。所以奶奶婆婆也说："快给我二孙子媳妇抽一个帖吧，看看她的命理如何。"

那抽帖儿的一看，这家人家真是诚心诚意，于是他就把皮耳帽子从头上摘下来了。一摘下帽子来，别人都看得见，这人头顶上梳着发卷，戴着道帽。一看就知道他可不是市井上一般的平凡的人。别人正想要问，还不等开口，他就说他是某山上的道人，他下山

126

来是为的奔向山东的泰山去，谁知路出波折，缺少盘缠，就流落在这呼兰河的左右，已经不下半年之久了。

人家问他，既是道人，为什么不穿道人的衣裳。他回答说："你们哪里晓得，世间三百六十行，各有各的苦。这地方的警察特别厉害，他一看穿了道人的衣裳，他就说三问四。他们那些叛道的人，无理可讲，说抓就抓，说拿就拿。"

他还有一个别号，叫云游真人，他说一提云游真人，远近皆知。不管什么病痛或是吉凶，若一抽了他的帖儿，则生死存亡就算定了。他说他的帖法，是张天师所传。

他的帖儿并不多，只有四个，他从衣裳的口袋里一个一个地往外摸，摸出一帖来是用红纸包着，再一帖还是红纸包着，摸到第四帖也都是红纸包着。

他说帖下也没有字，也没有影。里边只包着一包药面：一包红，一包绿，一包蓝，一包黄。抽着黄的就是黄金富贵，抽着红的就是红颜不老。抽到绿的就不大好了，绿色的是鬼火。抽到蓝的也不大好，蓝的就是铁脸蓝青，张天师说过，铁脸蓝青，不死也得见阎王。

那抽帖的人念完了一套，就让病人的亲人伸出手来抽。

团圆媳妇的婆婆想，这倒也简单、容易，她想赶快抽一帖出来看看，命定是死是活，多半也可以看出来个大概。不承想，刚一伸出手去，那云游真人就说："每帖十吊钱，抽着蓝的，若嫌不好，还可以再抽，每帖十吊……"

团圆媳妇的婆婆一听，这才恍然大悟，原来这可不是白抽的，十吊钱一张可不是玩的，一吊钱捡豆腐可以捡二十块。

三天捡一块豆腐，二十块，二三得六，六十天都有豆腐吃。若是隔十天捡一块，一个月捡三块，那就半年都不缺豆腐吃了。

她又想，三天一块豆腐，哪有这么浪费的人家。依着她一个月捡一块大家尝尝也就是了，那么办，二十块豆腐，每月一块，可以吃二十个月，这二十个月，就是一年半还多两个月。

若不是买豆腐，若养一口小肥猪，精心地喂着它，喂得胖胖的，喂到五六个月，那就是多少钱哪！喂到一年，那就是千八百吊了……

再说就是不买猪，买鸡也好，十吊钱的鸡，就是十来只，一年的鸡，第二年就可以下蛋，一个蛋，多少钱！就说不卖鸡蛋，就说拿鸡蛋换青菜吧，一个鸡蛋换来的青菜，够老少三辈吃一天的了……何况鸡会生蛋，蛋还会生鸡，永远这样循环地生下去，岂不有无数的鸡，无数的蛋了吗？岂不发财了吗？

但她可并不是这么想，她想够吃也就算了，够穿也就算了。一辈子俭俭朴朴，多多少少积储了一点也就够了。她虽然是爱钱，若说让她发财，她可绝对地不敢。

那是多么多呀！数也数不过来了，记也记不住了。假若是鸡生了蛋，蛋生了鸡，来回地不断地生，这将成个什么局面，鸡岂不和蚂蚁一样多了吗？看了就要眼花，眼花就要头痛。

这团圆媳妇的婆婆，从前也养过鸡，就是养了十吊钱的。她也不多养，她也不少养。十吊钱的就是她最理想的。十吊钱买了十二只小鸡崽儿，她想：这就正好了，再多怕丢了，再少又不够十吊钱的。

在她一买这刚出蛋壳的小鸡崽儿的时候，她就挨个看，这样的不要，那样的不要。黑爪的不要，花膀的不要，脑门上带点的又不要。她说她亲娘就是会看鸡，那真是养了一辈子鸡呀！年年养，可也不多养。可是一辈子针啦，线啦，没有缺过，一年到头没花过钱，都是拿鸡蛋换的。人家那眼睛真是认货，什么样的鸡短命，什么样的鸡长寿，一看就跑不了她老人家的眼睛的。就说这样的鸡下蛋大，那样的鸡下蛋小，她都一看就在心里了。

她一边买着鸡，她就一边怨恨着自己没有用，想当年为什么不跟母亲好好学学呢！唉！年轻的人哪里会考虑后事。她一边买着，就一边感叹。她虽然在这小鸡崽儿的选择上边，也下了万分的心思，可以说是选无可选了。那卖鸡崽儿的人一共有二百多只小鸡，她通通地选过了，但究竟她所选了的，是否都是顶优秀的，这一点，她自己也始终把握不定。

她养鸡，是养得很精心的。她怕猫吃了，怕耗子咬了。她一看那小鸡，白天一打盹儿，她就给驱着苍蝇，怕苍蝇把小鸡咬醒了，她让它多睡一会儿，她怕小鸡睡眠不足。小鸡的腿上，若让蚊子咬了一块疤，她一发现了，她就立刻泡了艾蒿水来给小鸡来擦。她说若不及早地擦呀，那将来是公鸡，就要长不大，是母鸡就要下小蛋。一个小鸡蛋换两块豆腐，一个大鸡蛋换三块豆腐。

这是母鸡。再说公鸡，公鸡是一刀菜，谁家杀鸡不想杀胖的。小公鸡是不好卖的。等她的小鸡略微长大了一点，能够出了屋了，能够在院子里自己去找食吃的时候，她就把它们给染了六只红的，六只绿的，都是在脑门上。

至于把颜色染在什么地方，那就先得看邻居家的都染在什么地方，而后才能够决定。邻居家的小鸡把色染在膀梢上，那她就染在脑门上。邻居家的若染在了脑门上，那她就要染在肚囊上。大家切不要都染在一个地方，染在一个地方可怎么能够识别呢？你家的跑到我家来，我家的跑到你家去，那么岂不又要混乱了吗？

小鸡染了颜色是十分好看的，红脑门的，绿脑门的，好像它们都戴了花帽子，好像不是养小鸡，好像养的是小孩似的。

这团圆媳妇的婆婆从前她养鸡的时候就说过："养鸡可比养小孩娇贵，谁家的孩子还不就是扔在旁边他自己长大的，蚊子咬咬，臭虫咬咬，那怕什么的，哪家的孩子的身上没有个疤瘌节子的。没有疤瘌节子的孩子都不好养活，都要短命的。"

据她说，她一辈子的孩子并不多，就是这一个儿子，虽然说是稀少，可是也没有娇养过。到如今那身上的疤也有二十多块。

她说："不信，脱了衣裳给大家伙看看……那孩子那身上的疤瘌，真是多大的都有，碗口大的也有一块。真不是说，我对孩子真没有娇养过。除了他自个儿跌的摔的不说，就说我用劈柴棒子打的也落了好几个疤。养活孩子可不是养活鸡鸭的呀！养活小鸡，你不好好养它，它不下蛋。一个蛋，大的换三块豆腐，小的换两块豆腐，是闹着玩的吗？可不是闹着玩的。"

有一次，她的儿子踏死了一只小鸡崽儿，她打了她儿子三天三夜，她说："我为什么不打他呢？一只鸡崽儿就是三块豆腐，鸡崽儿是鸡蛋变的呀！要想变一只鸡崽儿，就非一个鸡蛋不行，半个鸡蛋能行吗？不但半个鸡蛋不行，就是差一点也不行，坏鸡蛋不行，陈鸡蛋不行。一只鸡要一个鸡蛋，那么一只鸡不就是三块豆腐是什么呢？眼睁睁地把三块豆腐放在脚底下踩了，这该多大的罪，不打他，哪儿能够不打呢？我越想越生气，我想起来就打，不管黑夜白日，我打了他三天。后来打出一场病来，半夜三更的，睡得好好的说哭就哭。可是我也没有当他是一回子事，我就拿饭勺子敲着门框，给他叫了叫魂。没理他也就好了。"

她这有多少年没养鸡了，自从订了这团圆媳妇，把积存下的那点针头线脑的钱都花上了。这还不说，还得每年头绳钱啦，腿带钱的托人捎去，一年一个空，这几年来就紧得不得了。想养几只鸡，都狠心没有养。

　　现在这抽帖儿的云游真人坐在她的眼前，一帖又是十吊钱。若是先不提钱，先让她把帖抽了，哪管抽完了再要钱呢，那也总算是没有花钱就抽了帖的。可是偏偏不先，那抽帖的人，帖还没让抽，就提到了十吊钱。所以那团圆媳妇的婆婆觉得，一伸手，十吊钱，一张口，十吊钱。这不是眼看着钱往外飞吗？

　　这不是飞，这是干什么，一点声响也没有，一点影子也看不见。还不比过河，往河里扔钱，往河里扔钱，还听一个响呢，还打起一个水泡呢。这是什么代价也没有的，好比自己发了昏，把钱丢了，好比遇了强盗，活活地把钱抢去了。

　　团圆媳妇的婆婆，差一点因为心内的激愤而流了眼泪。她一想十吊钱一帖，这哪里是抽帖，这是抽钱。

于是她把伸出去的手缩回来了。她赶快跑到脸盆那里去，把手洗了，这可不是闹笑话的，这是十吊钱哪！她洗完了手又跪在灶王爷那里祷告了一番，祷告完了才能够抽帖的。

她第一帖就抽了个绿的，绿的不大好，绿的就是鬼火。

她再抽一抽，这一帖就更坏了，原来就是那最坏的，不死也得见阎王的里边包着蓝色药粉的那张帖。

团圆媳妇的婆婆一见两帖都坏，本该抱头大哭，但是她没有那么的。自从团圆媳妇病重，说长的，道短的，说死的，说活的，样样都有，又加上已经左次右番地请胡仙、跳大神、闹神闹鬼，已经使她见过不少的世面了。说话虽然高兴，说去见阎王也不怎样悲哀，似乎一时也总像见不了的样子。

于是她就问那云游真人，两帖抽得都不好，是否可以想一个方法可以破一破？云游真人就说了："拿笔拿墨来。"

她家本也没有笔，大孙子媳妇就跑到大门洞子旁边那粮米铺借去了。

粮米铺的山东女老板，就用山东腔问她："你家做啥？"

大孙子媳妇说："给弟妹画病。"

女老板又说："你家的弟妹，这一病可不浅，到如今好了点没？"

大孙子媳妇本想端着砚台，拿着笔就跑，可是人家关心，怎好不答，于是去了好几袋烟的工夫，还不见回来。

等她抱了砚台回来的时候，那云游真人已经把红纸都撕好了。于是拿起笔来，在他撕好的四块红纸上，一块上边写了一个大字，那红字条也不过半寸宽，一寸长。他写的那字大得都要从红纸的四边飞出来了。

这四个字，他家本没有识字的人，灶王爷上的对联还是求人写的。一模一样，好像一母所生，也许写的就是一个字。

大孙子媳妇看看不认识，奶奶婆婆看看也不认识。虽然不认识，大概这个字一定也坏不了，不然，就用这个字怎么能破开一个人不见阎王呢？于是都一齐点头称好。

那云游真人又命拿糨糊来。她们家终年不用糨糊，糨糊多么贵，白面十多吊钱一斤，都是用黄米饭粒来粘鞋面的。

大孙子媳妇到锅里去铲了一块黄黏米饭来。云游真人就用饭粒贴在红纸上了，于是掀开团圆媳妇蒙在头上的破棉袄，让她拿出手来，一个手心上给她贴一张，又让她脱了袜子，一只脚心上给她贴上一张。

云游真人一见，脚心上有一大片白色的疤痕，他一想就是方才她婆婆所说的用烙铁给她烙的。可是他假装不知，问说："这脚心可是生过什么病症吗？"

团圆媳妇的婆婆连忙就接过来说："我方才不是说过吗，是我用烙铁给她烙的。哪里会见过的呢？走道像飞似的，打她，她记不住，我就给她烙一烙。好在也没什么，小孩子肉皮活，也就是十天半月的下不来地，过后也就好了。"

那云游真人想了一想，好像要吓唬她一下，就说这脚心的疤，虽然是贴了红帖，也怕贴不住，阎王爷是什么都看得见的，这疤怕是就给了阎王爷以特殊的记号，有点不大好办。

云游真人说完了，看一看她们怕不怕，好像是不怎样怕。

于是他就说得严重一些："这疤不掉，阎王爷在三天之内就能够找到她，一找到她，就要把她活捉了去的。刚才的那帖是再准也没有的了，这红帖也绝没有用处。"

他如此地吓唬着她们，似乎她们从奶奶婆婆到孙子媳妇都不大怕。那云游真人，连想也没有想，于是开口就说："阎王爷不但要捉团圆媳妇去，还要捉团圆媳妇的婆婆去，现世现报，拿烙铁烙脚心，这不是虐待，这是什么，婆婆虐待媳妇，做婆婆的死了下油锅，老胡家的婆婆虐待媳妇……"

他就越说越声大，似乎要喊了起来，好像他是专打抱不平的好汉，而变了他原来的态度了。

一说到这里，老胡家的老少三辈都害怕了，毛骨悚然，以为她家里又是撞进来了什么恶魔。而最害怕的是团圆媳妇的婆婆，吓得乱哆嗦，这是多么骇人听闻的事情，世界上能有虐待媳妇这样的事情吗？

于是团圆媳妇的婆婆赶快跪下了，面向着那云游真人，眼泪一对一双地往下落。

"这都是我一辈子没有积德，有孽遭到儿女的身上，我哀告真人，请真人诚心地给我化散化散，借了真人的灵法，让我的媳妇死里逃生吧。"

那云游真人立刻就不说见阎王了，说她的媳妇一定见不了阎王，因为他还有一个办法一办就好的；说来这法子也简单得很，就是让团圆媳妇把袜子再脱下来，用笔在那疤痕上一画，阎王爷就看不见了，当场就脱下袜子来在脚心上画了。

一边画着嘴里还嘟嘟地念着咒语。这一画不知费了多大力气，旁边看着的人倒觉十分地容易，可是那云游真人冒了满头的汗，他故意地咬牙切齿，皱面瞪眼。这一画也并不是容易的事情，好像他在上刀山似的。

画完了，把钱一算，抽了两帖二十吊，写了四个红纸贴在脚心、手心上，每帖五吊是半价出售的，一共是四五等于二十吊。外加这一画，这一画本来是十吊钱，现在就给打个对折吧，就算五吊钱一只脚心，一共画了两只脚心，又是十吊。

二十吊加二十吊，再加十吊，一共是五十吊。云游真人拿了这五十吊钱乐乐呵呵地走了。

团圆媳妇的婆婆，在她刚要抽帖的时候，一听每帖十吊钱，她就心痛得不得了，又要想用这钱养鸡，又要想用这钱养猪。等到现在五十吊钱拿出去了，她反而也不想养鸡了，也不想养猪了。因为她想，事到临头，不给也是不行了。帖也抽了，字也写了，要想不给人家钱也是不可能的了。事到临头，还有什么办法呢？别说五十吊，就是一百吊钱也得算着吗？不给还行吗？

于是她心安理得地把五十吊钱给了人家。这五十吊钱，是她秋天出城去在豆田里拾黄豆粒，一共拾了二升豆子卖了几十吊钱。在田上拾黄豆粒也不容易，一片大田，经过主人家的收割，还能够剩下多少豆粒呢？而况穷人聚了那么大的一群，孩子、女人、老太太……你抢我夺的，你争我打的。为了二升豆子就得在田上爬半月二十天的，爬得腰酸腿疼。唉，为着这点豆子，那团圆媳妇的婆婆还到"李永春"药铺，去买过二两红花的。那就是因为在土上爬豆子的时候，有一棵豆秧刺了她的手指甲一下。她也没有在乎，把刺拔出来也就去他的了。该拾豆子还是拾豆子。就因此那指甲可就不知怎么样，睡了一夜那指甲就肿起来了，肿得和茄子似的。

这肿一肿又算什么呢？又不是皇上娘娘，说起来可真娇惯了，哪有一个人吃天靠天，而不生点天灾的？

闹了好几天，夜里痛得火辣辣的不能睡觉了，这才去买了二两红花来。

说起买红花来，是早就该买的，奶奶婆婆劝她买，她不买。大孙子媳妇劝她买，她也不买。她的儿子想用孝顺来征服他的母亲，他强硬地要去给她买，因此还挨了他母亲的一烟袋锅子，这一烟袋锅子就把儿子的脑袋给打了鸡蛋大的一个包。

"你这小子，你不是败家吗？你妈还没死，你就做了主了。小兔崽子，我看着你再说买红花的！大兔崽子我看着你的。"就这一边骂着，一边烟袋锅子就打下来了。

后来也到底还是买了，大概是惊动了东邻西舍，这家说说，那家讲讲的，若再不买点红花来，也太不好看了，让人家说老胡家的大儿媳妇，一年到头，就能够寻寻觅觅地积钱，钱一到她的手里，就好像掉了地缝了，一个钱也再不用想从她的手里拿出来。假若这样地说开去，也是不太好听，何况这捡来的豆子能卖好几十吊呢，花个三吊两吊的就花了吧。一咬牙，去买上二两红花来擦擦。

想虽然是这样想过了，但到底还没有决定，延迟了好几天还没有"一咬牙"。

最后也毕竟是买了，她选择了一个顶严重的日子，就是她的手，不但一个指头，而是整个的手都肿起来了。那原来肿得像茄子的指头，现在更大了，已经和一个小冬瓜似的了。

而且连手掌也无限度地胖了起来，胖得和张小簸箕似的。多少年来，她就嫌自己太瘦。她总说，太瘦的人没有福分。尤其是瘦手瘦脚的，一看就不带福相。尤其是精瘦的两只手，一伸出来和鸡爪似的，真是轻薄的样子。

现在她的手是胖了，但这样胖法是不大舒服的。同时她也发了点热，她觉得眼睛和嘴都干，脸也发烧，身上也时冷时热，她就说："这手是要闹点事吗？这手……"

一清早起，她就这样地念了好几遍。那胖得和小簸箕似的手，是一动也不能动了，好像一只大猫或者一个小孩的头似的，她把它放在枕头上和她一齐地躺着。

"这手是要闹点事的吧！"当她的儿子来到她旁边

的时候，她就这样说。

她的儿子一听她母亲的口气，就有些了解了。大概这回她是要买红花的了。

于是她的儿子跑到奶奶的面前，去商量着要给她母亲买红花，她们家住的是南北对面的炕，那商量的话声，虽然不甚大，但是他的母亲是听到的了。听到了，也假装没有听到，好表示这买红花可到底不是她的意思，也并不是她的主使，她可没有让他们去买红花。

在北炕上，祖孙二人商量了一会儿，孙子说向她妈要钱去。祖母说："拿你奶奶的钱先去买吧，你妈好了再还我。"

祖母故意把这句说得声音大一点，似乎故意让她的大儿媳妇听见。

大儿媳妇是不但这句话，就是全部的话也都了然在心了，不过装着不动就是了。

红花买回来了，儿子坐到母亲的旁边，儿子说："妈，你把红花酒擦上吧。"

母亲从枕头上转过脸儿来，似乎买红花这件事情，事先一点也不晓得，说："哟！这小鬼羔子，到底买了红花来……"

这回可并没有用烟袋锅子打，倒是安安静静地把手伸出来，让那浸了红花的酒，把一只胖手完全染上了。

这红花到底是二吊钱的，还是三吊钱的，若是二吊钱的倒给得不算少；若是三吊钱的，那可贵了一点。若是让她自己去买，她可绝对地不能买这么多，也不就是红花嘛！红花就是红的就是了，治病不治病，谁晓得？也不过就是解解心疑就是了。

她想着想着，因为手上涂了酒觉得凉爽，就要睡一觉，又加上烧酒的气味香扑扑的，红花的气味药乎乎的。她觉得实在是舒服了不少。于是她一闭眼睛就做了一个梦。

这梦做的是她买了两块豆腐，这豆腐又白又大。是用什么钱买的呢？就是用买红花剩来的钱买的。因为在梦里边她梦见是她自己去买的红花。她自己也不买三吊钱的，也不买两吊钱的，是买了一吊钱的。在梦里边她还算着，不但今天有两块豆腐吃，哪天一高兴还有两块吃的！三吊钱才买了一吊钱的红花呀！

现在她一遭就拿了五十吊钱给了云游真人。若照她的想法来说，这五十吊钱可该买多少块豆腐了呢？

但是她没有想，一方面因为团圆媳妇的病也实在病得缠绵，在她身上花钱也花得大手大脚的了；另一方面就是那云游真人的来势也过于猛了点，竟打起抱不平来，说她虐待团圆媳妇。还是赶快地给了他钱，让他滚蛋吧！

真是家里有病人是什么气都受得呀！团圆媳妇的婆婆左思右想，越想越是自己招了无妄之灾，满心的冤屈，想骂又没有对象，想哭又哭不出来，想打也无处下手了。

那小团圆媳妇再打也就受不住了。

若是那小团圆媳妇刚来的时候，那就非先抓过她来打一顿再说。做婆婆的打了一只饭碗，也抓过来把小团圆媳妇打一顿。她丢了一根针也抓过来把小团圆媳妇打一顿。她跌了一个筋斗，把单裤膝盖的地方跌了一个洞，她也抓过来把小团圆媳妇打一顿。总之，她一不顺心，她就觉得她的手就想要打人。她打谁呢！谁能够让她打呢？于是就轮到小团圆媳妇了。

有娘的，她不能够打。她自己的儿子也舍不得打。打猫，她怕把猫打丢了。打狗，她怕把狗打跑了。打猪，怕猪掉了斤两。打鸡，怕鸡不下蛋。

唯独打这小团圆媳妇是一点毛病没有，她又不能跑掉，她又不能丢了。她又不会下蛋，反正也不是猪，打掉了一些斤两也不要紧，反正也不过秤。

可是这小团圆媳妇，一打也就吃不下饭去。吃不下饭去不要紧，多喝一点饭米汤好啦，反正饭米汤剩下也是要喂猪的。

可是这都成了已往的她的光荣的日子了，那种自由的日子恐怕一时不会再来了。现在她不用说打，就连骂也不大骂她了。现在她别的都不怕，她就怕她死，她心里总有一个阴影，她的小团圆媳妇可不要死了呀。

于是她碰到了多少困难，她都克服了下去，她咬着牙根，她忍住眼泪，她要骂不能骂，她要打不能打。她要哭，她又止住了。无限的伤心，无限的悲哀，常常一齐会来到她的心中的。她想，也许是前生没有做了好事，此生找到她了。不然为什么连一个团圆媳妇的命都没有。她想一想，她一生没有做过恶事，面软、心慈，凡事都是自己吃亏，让着别人。虽然没有吃斋念佛，但是初一十五的素口也自幼就吃着。虽然不怎样拜庙烧香，但四月十八的庙会，也没有落下过。娘娘庙前一把香，老爷庙前三个头，哪一年也都是烧香磕头的没有落过"过场"。虽然是自小没有读过诗文，不认识字，但是《金刚经》《灶王经》也会念上两套。虽然说不曾做过舍善的事情，没有补过路，没有修过桥，但是逢年过节，对那些讨饭的人，也常常给过他们剩汤剩饭的。虽然过日子不怎样俭省，但也没有多吃过一块豆腐。拍拍良心，对天对得起，对地也对得住。那为什么老天爷明明白白地却把祸根种在她身上？

她越想，她越心烦意乱。

"都是前生没有做了好事，今生才找到了。"一想到这里，她也就不再想了，反正事到临头，瞎想一阵又能怎样呢？于是她自己劝着自己就又忍着眼泪，咬着牙根，把她那兢兢业业地，养猪喂狗所积下来的那点钱，又一吊一吊地，一五一十地，往外拿着。

东家说看个香火，西家说吃个偏方。偏方、野药、大神、赶鬼、看香、扶乩，样样都已经试过。钱也不知花了多少，但是都不怎样见效。

那小团圆媳妇夜里说梦话，白天发烧。一说起梦话来，总是说她要回家。

"回家"这两个字，她的婆婆觉得最不祥，就怕她是阴间的花姐，阎王奶奶要把她叫了回去。于是就请了一个圆梦的。那圆梦的一圆，果然不错，"回家"就是回阴间地狱的意思。

所以那小团圆媳妇，做梦的时候，一梦到她的婆婆打她，或者是用梢子绳把她吊在房梁上了，或是梦见婆婆用烙铁烙她的脚心，或是梦见婆婆用针刺她的手指尖。一梦到这些，她就大哭大叫，而且嚷着要"回家"。

婆婆一听她嚷回家，就伸出手去在大腿上拧着她。日子久了，拧来拧去，那小团圆媳妇的大腿被拧得像梅花鹿似的青一块、紫一块的了。

她是一份善心，怕是真的她回了阴间地狱，赶快地把她叫醒来。可是小团圆媳妇睡得蒙里蒙眬的，她以为她的婆婆可又真的在打她了，于是她大叫着，从炕上翻身起来，就跳下地去，拉也拉不住她，按也按不住她。

她的力气大得惊人，她的声音喊得怕人。她的婆婆于是觉得更是见鬼了、着魔了。不但她的婆婆，全家的人也都相信这孩子的身上一定有鬼。

谁听了能够不相信呢？半夜三更的喊着回家，一招呼醒了，她就跳下地去，瞪着眼睛，张着嘴，连哭带叫的，那力气比牛还大，那声音好像杀猪似的。

谁能够不相信呢？又加上她婆婆的渲染，说她眼珠子是绿的，好像两点鬼火似的，说她的喊声，是直声拉气的，不是人声。

所以一传出去，东邻西舍的，没有不相信的。

于是一些善人，就觉得这小女孩子也实在让鬼给捉弄得可怜了。哪个孩儿是没有娘的，哪个人不是肉生肉长的。谁家不都是养老育小……于是大动恻隐之心。东家二姨，西家三姑，她说她有奇方，她说她有妙法。

于是就又跳神赶鬼、看香、扶乩，老胡家闹得非常热闹，传为一时之盛。若有不去看跳神赶鬼的，竟被指为落伍。因为老胡家跳神跳得花样翻新，是自古也没有这样跳的，打破了跳神的纪录了，给跳神开了一个新纪元。若不去看看，耳目因此是会闭塞了的。

当地没有报纸，不能记录这桩盛事。若是患了半身不遂的人，患了瘫病的人，或是大病卧床不起的人，那真是一生的不幸，大家也都为他惋惜，怕是他此生也要孤陋寡闻，因为这样隆重的盛举，他究竟不能够参加。

呼兰河这地方，到底是太闭塞，文化是不大有的。虽然当地的官、绅，认为已经满意了，而且请了一位清朝的翰林，作了一首歌，歌曰：

溯呼兰天然森林，自古多奇才。

这首歌还配上了从东洋流来的乐谱，使当地的小学都唱着。这歌不止这两句这么短，不过只唱这两句就已经够好的了。所好的是使人听了能够引起一种自负的感情来，尤其当清明植树节的时候，几个小学堂的学生都排起队来在大街上游行，并唱着这首歌。老百姓听了，也觉得呼兰河是个了不起的地方，一开口说话就"我们呼兰河"。那在街道上捡粪蛋的孩子，手里提着粪耙子，他还说："我们呼兰河！"可不知道呼兰河给了他什么好处。也许那粪耙子就是呼兰河给了他的。

呼兰河这地方，尽管奇才很多，但到底太闭塞，竟不会办一张报纸。以至于把当地的奇闻妙事都没有记载，任它风散了。

老胡家跳大神，就实在跳得奇。用大缸给团圆媳妇洗澡，而且是当众就洗的。

这种奇闻盛举一经传了出来，大家都想去开开眼界，就是那些患了半身不遂的、患了瘫病的人，人们觉得他们瘫了倒没有什么，只是不能够前来看老胡家团圆媳妇大规模地洗澡，真是一生的不幸。

扫码领取

●作 家 介 绍
●萧红作品精选
●经典名句赏析

洗　澡

天一黄昏，老胡家就打起鼓来了。大缸，开水，公鸡，都预备好了。

公鸡抓来了，开水烧滚了，大缸摆好了。

看热闹的人，络绎不绝地来看。我和祖父也来了。

小团圆媳妇躺在炕上，黑乎乎的，笑呵呵的。我给她一个玻璃球，又给她一片碗碟，她说这碗碟很好看，她拿在眼睛前照一照。她说这玻璃球也很好玩，她用手指甲弹着。她看一看她的婆婆不在旁边，她就起来了，她想要坐起来在炕上弹这玻璃球。

还没有弹，她的婆婆就来了，就说："小不知好歹的，你又起来疯什么？"

说着走近来，就用破棉袄把她蒙起来了，蒙得没头没脑的，连脸也露不出来。

我问祖父为什么不让她玩。

祖父说："她有病。"

我说："她没有病，她好好的。"

于是我上去把棉袄给她掀开了。

掀开一看，她的眼睛早就睁着。她问我，她的婆婆走了没有，我说走了，于是她又起来了。

她一起来，她的婆婆又来了，又把她给蒙了起来，说："也不怕人家笑话，病得跳神赶鬼的，哪有的事情，说起来，就起来。"

这是她婆婆向她小声说的，等婆婆回过头去向着众人，就又那么说："她是一点也着不得凉的，一着凉就犯病。"

屋里屋外，越张罗越热闹了，小团圆媳妇跟我说："等一会儿你看吧，就要洗澡了。"

她说着的时候，好像说着别人一样。

果然，不一会儿工夫就洗起澡来了，洗得吱哇乱叫。

大神打着鼓，命令她当众脱了衣裳。衣裳她是不肯脱的，她的婆婆抱住了她，还请了几个帮忙的人，就一齐上来，把她的衣裳撕掉了。

她本来是十二岁，却长得十五六岁那么高，所以一时看热闹的姑娘媳妇们，看了她，都难为情起来。

很快地小团圆媳妇就被抬进大缸里去。大缸里满是热水，是滚熟的热水。

她在大缸里边，叫着、跳着，好像她要逃命似的狂喊。她的旁边站着三四个人从缸里搅起热水来往她的头上浇。不一会儿，浇得满脸通红，她再也不能够挣扎了，她安稳地在大缸里边站着，她再不往外边跳了，大概她觉得跳也跳不出来了。

那大缸是很大的，她站在里边仅仅露着一个头。

我看了半天，到后来她连动也不动，哭也不哭，笑也不笑。满脸的汗珠，满脸通红，红得像一张红纸。

我跟祖父说："小团圆媳妇不叫了。"

我再往大缸里一看，小团圆媳妇没有了。她倒在大缸里了。

这时候，看热闹的人们，一声狂喊，都以为小团圆媳妇是死了，大家都跑过去拯救她，竟有心慈的人，流下眼泪来。

（小团圆媳妇还活着的时候，她像要逃命似的。前一刻她还求救于人的时候，并没有一个人上前去帮忙，把她从热水里解救出来。）

（现在她是什么也不知道了，什么也不要求了。可是一些人，偏要去救她。）

（把她从大缸里抬出来，给她浇一点冷水。这小团圆媳妇一昏过去，可把那些看热闹的人可怜得不得了，就是前一刻还主张着"用热水浇哇！用热水浇哇"的人，现在也心痛起来。怎能够不心痛呢，活蹦乱跳的孩子，一会儿工夫就死了。）

小团圆媳妇摆在炕上，浑身像火炭那般热，东家的婶子，伸出一只手来，到她身上去摸一摸，西家大娘也伸出手来到她身上去摸一摸，都说："哟哟，热得和火炭似的。"

有的说，水太热了一点，有的说，不应该往头上浇，大热的水，一浇哪有不昏的。

大家正在谈说之间，她的婆婆过来，赶快拉了一张破棉袄给她盖上了，说："赤身裸体羞不羞！"

（小团圆媳妇怕羞不肯脱下衣裳来，她婆婆喊着号令给她撕下来了。现在她什么也不知道了，她没有感觉了，婆婆反而替她着想了。）

大神打了几阵鼓，二神向大神对了几阵话。看热闹的人，你望望他，他望望你。虽然不知道下文如何，这小团圆媳妇到底是死是活，但却没有白看一场热闹，到底是开了眼界，见了世面，总算是不无所得的。

有的竟觉得困了，问着别人，三道鼓是否加了横锣，说他要回家睡觉去了。

大神一看这场面不大好，怕是看热闹的人都要走了，就卖一点力气叫一叫座，于是痛打了一阵鼓，喷了几口酒在团圆媳妇的脸上，从腰里拿出银针来，刺着小团圆媳妇的手指尖。

不一会儿，小团圆媳妇就活转来了。

大神说，洗澡必得连洗三次，还有两次要洗的。

（于是人心大为振奋，困的也不困了，要回家睡觉的也精神了。这来看热闹的，不下三十人，个个眼睛发亮，人人精神百倍。看吧，洗一次就昏过去了，洗两次又该怎样呢？洗上三次，那可就不堪想象了。所以看热闹的人的心里，都满怀奥秘。）

果然的，小团圆媳妇一被抬到大缸里去，被热水一烫，就又大声地怪叫了起来，一边叫着一边还伸出手来把着缸沿想要跳出来。这时候，浇水的浇水，按头的按头，总算让大家压服又把她昏倒在缸底里了。

这次她被抬出来的时候，她的嘴里还往外吐着水。

（于是一些善心的人，是没有不可怜这小女孩子的。）东家的二姨，西家的三婶，就都一齐围拢过去，都设法施救去了。

她们围拢过去，看看有没有死？（若还有气，那就不用救。若是死了，那就赶快浇凉水。）

（若是有气，她自己就会活转来的。若是断了气，那就赶快施救，不然，怕她真的死了。）

小团圆媳妇当晚被热水烫了三次，烫一次，昏一次。

闹到三更天才散了场。大神回家睡觉去了。看热闹的人也都回家睡觉去了。

星星月亮，出满了一天，冰天雪地正是个冬天。雪扫着墙根，风刮着窗棂。鸡在架里边睡觉，狗在窝里边睡觉，猪在栏里边睡觉，全呼兰河都睡着了。

只有远远的狗叫，那或许是从白旗屯传来的，或者是呼兰河的南岸那柳条林子里的野狗的叫唤。总之，那声音是来得很远，那已经是呼兰河城以外的事情了。而呼兰河全城，就都一齐睡着了。

前半夜那跳神打鼓的事情一点也没有留下痕迹。那连哭带叫的小团圆媳妇，好像在这世界上她也并未曾哭过、叫过，因为一点痕迹也并未留下。家家户户都是黑洞洞的，家家户户都睡得沉实实的。

团圆媳妇的婆婆也睡得打呼了。

（因为三更已经过了，就要来到四更天了。）

扫码领取
● 作家介绍
● 萧红作品精选
● 经典名句赏析

烧 "替身"

第二天小团圆媳妇昏昏沉沉地睡了一天，第三天，第四天，也都是昏昏沉沉地睡着，眼睛似睁非睁的，留着一条小缝，从小缝里边露着白眼珠。

家里的人，看了她那样子，都说，这孩子经过一番操持，怕是真魂就要附体了，真魂一附了体，病就好了。不但她的家里人这样说，就是邻人也都这样说。所以对于她这种不饮不食，似睡非睡的状态，不但不引以为忧，反而觉得应该庆幸。她昏睡了四五天，她的家人就快乐了四五天，她睡了六七天，她的家人就快乐了六七天。在这期间，绝对地没有使用偏方，也绝对地没有采用野药。

但是过了六七天，她还是不饮不食地昏睡，要好起来的现象一点也没有。

于是又找了大神来，大神这次不给她治了，说这团圆媳妇非出马当大神不可。

于是又采用了正式的赶鬼的方法，到扎彩铺去，扎了一个纸人，而后给纸人缝起布衣来穿上——穿布衣裳为的是绝对地像真人——搽脂抹粉，手里提着花手巾，很是好看，穿了满身花洋布的衣裳，打扮成一个十七八岁的大姑娘。用人抬着，抬到南河沿旁边那大土坑去烧了。

这叫作烧"替身"，据说把这"替身"一烧了，她可以替代真人，真人就可以不死。

烧"替身"的那天，团圆媳妇的婆婆为着表示虔诚，她还特意地请了几个吹鼓手，前边用人举着那扎彩人，后边跟着几个吹鼓手，呜哇当、呜哇当地向着南大土坑走去了。

那景况说热闹也很热闹，喇叭曲子吹的是句句双。说凄凉也很凄凉，前边一个扎彩人，后边三五个吹鼓手，出丧不像出丧，报庙不像报庙。

跑到大街上来看这热闹的人也不很多，因为天太冷了，探头探脑地跑出来的人一看，觉得没有什么可看的，就关上大门回去了。所以就孤孤单单的，凄凄凉凉在大土坑那里把那扎彩人烧了。

团圆媳妇的婆婆一边烧着还一边后悔，若早知道没有什么看热闹的人，那又何必给这扎彩人穿上真衣裳。她想要从火堆中把衣裳抢出来，但又来不及了，就眼看着让它烧去了。

这一套衣裳，一共花了一百多吊钱。于是她看着那衣裳烧去，就像眼看着烧去了一百多吊钱。

（她心里是又悔又恨，她简直忘了这是她的团圆媳妇烧替身，她本来打算念一套祷神告鬼的词句。她回来的时候，走在路上才想起来，但想起来也晚了，于是她自己感到大概要白白地烧了个替身，灵不灵谁晓得呢！）

小·团圆媳妇大辫子掉了

后来又听说那团圆媳妇的大辫子，睡了一夜觉就掉下来了。就掉在枕头旁边，这可不知是怎么回事。她的婆婆说这团圆媳妇一定是妖怪。把那掉下来的辫子留着，谁来给谁看。

看那样子一定是什么人用剪刀给她剪下来的。但是她的婆婆偏说不是，就说，睡了一夜觉就自己掉下来了。

（于是这奇闻又远近地传开去了，不但她的家人不愿意和妖怪在一起，就是同院住的人也都觉得太不好。）

（夜里关门关窗户的，一边关着于是就都说："老胡家那小团圆媳妇一定是个小妖怪。")

我家的老厨子是个多嘴的人，他和祖父讲老胡家的团圆媳妇又怎样怎样了，又出了新花头，辫子也掉了。

我说："不是的，是用剪刀剪的。"

老厨子看我小，他欺侮我，他用手指住了我的嘴。他说："你知道什么，那小团圆媳妇是个妖怪呀！"

我说："她不是妖怪，我偷着问她，她头发是怎么掉了的，她还跟我笑呢！她说她不知道。"

祖父说："好好的孩子快让他们捉弄死了。"

过了些日子，老厨子又说："老胡家要'休妻'了，要'休'了那小妖怪。"

祖父以为老胡家那人家不大好。

祖父说："二月让他搬家。把人家的孩子快捉弄死了，又不要了。"

小团圆媳妇死了

还没有到二月，那黑乎乎的、笑呵呵的小团圆媳妇就死了。是一个大清早，老胡家的大儿子，那个黄脸大眼睛的车老板子就来了。一见了祖父，他就双手举在胸前作了一个揖。

祖父问他什么事。

他说："请老太爷施舍一块地方，好把小团圆媳妇埋上……"

祖父问他："什么时候死的？"

他说："我赶着车，天亮才到家。听说半夜就死了。"

祖父答应了他，让他埋在城外的地边上。并且招呼有二伯来，让有二伯领着他们去。

　　有二伯临走的时候，老厨子也跟去了。

　　我说，我也要去，我也跟去看看，祖父百般地不肯。祖父说："咱们在家下压拍子打小雀吃……"

　　我于是就没有去。虽然没有去，但心里边总惦着有一回事。等有二伯也不回来，等那老厨子也不回来。等他们回来，我好听一听那情形到底怎样。

　　一点多钟，他们两个在人家喝了酒，吃了饭才回来的。前边走着老厨子，后边走着有二伯，好像两个胖鸭子似的，走也走不动了，又慢又得意。

　　走在前边的老厨子，眼珠通红，嘴唇发光。走在后边的有二伯，面红耳热，一直红到他脖子下边的那根大筋。

　　进到祖父屋来，一个说："酒菜真不错……"

　　一个说："……鸡蛋汤打得也热乎。"

　　关于埋葬团圆媳妇的经过，却先一字未提，好像他们两个是回来过年的，充满了欢天喜地的气象。我问有二伯那小团圆媳妇怎么死的，埋葬的情形如何。

有二伯说："你问这个干什么，人死还不如一只鸡……一伸腿就算完事……"

我问："有二伯，你多咱死呢？"

他说："你二伯死不了的……那家有万贯的，那活着享福的，越想长寿，就越活不长……上庙烧香，上山拜佛的也活不长。像你有二伯这条穷命，越老越结实，好比个石头疙瘩似的，哪儿死啦！俗语说得好，'有钱三尺寿，穷命活不够'。像二伯就是这穷命，穷命鬼，阎王爷也看不上眼儿来的。"

到晚饭，老胡家又把有二伯他们二位请去了，又在那里喝的酒。因为他们帮了人家的忙，人家要酬谢他们。

老胡家败落

　　老胡家的团圆媳妇死了不久，他家的大孙子媳妇就跟人跑了。

　　奶奶婆婆后来也死了。

　　他家的两个儿媳妇，一个为着那团圆媳妇瞎了一只眼睛。

　　因为她天天哭，哭她那花在团圆媳妇身上的倾家荡产的五千多吊钱。

　　另外的一个因为她的儿媳妇跟着人家跑了，要把她羞辱死了，一天到晚的，不梳头、不洗脸地坐在锅台上抽着烟袋，有人从她旁边过去，她高兴的时候，她向人说："你家里的孩子、大人都好哇?"

她不高兴的时候,她就向着人脸,吐一口痰。

她变成一个半疯了。

老胡家从此不大被人记得了。

小团圆媳妇想回家

我家的背后有一个龙王庙，庙的东角上有一座大桥。人们管这桥叫"东大桥"。

那桥下有些冤魂枉鬼，每当阴天下雨，从那桥上经过的人，往往听到鬼哭的声音。

据说，那团圆媳妇的灵魂，也来到了东大桥下。说她变了一只很大的白兔，隔三岔五地就到桥下来哭。

有人问她哭什么？

她说她要回家。

那人若说："明天，我送你回去……"

那白兔子一听，拉过自己的大耳朵来，擦擦眼泪，就不见了。

若没有人理她，她就一哭，哭到鸡叫天明。

有二伯的倔强

我家的有二伯，性情真古怪。

有东西，你若不给他吃，他就骂。

若给他送上去，他就说："你二伯不吃这个，你们拿去吃吧！"

家里买了落花生、冻梨之类，若不给他，除了让他看不见，若让他找着了一点影子，他就没有不骂的："王八蛋……兔羔子，有猫狗吃的，有蟑螂、耗子吃的，就是没有人吃的……兔羔子，兔羔子……"

若给他送上去，他就说："你二伯不吃这个，你们拿去吃吧！"

古怪的有二伯

有二伯的性情真古怪，他很喜欢和天空的雀子说话，他很喜欢和大黄狗谈天。一和人在一起，他就一句话没有了，就是有话也是很古怪的，使人听了常常不得要领。

夏天晚饭后大家坐在院子里乘凉的时候，大家都是嘴里不停地讲些个闲话，讲得很热闹，就连蚊子也嗡嗡的，就连远处的蛤蟆也呱呱地叫着。只是有二伯一声不响地坐着。他手里拿着蝇甩子，东甩一下，西甩一下。

若有人问他的蝇甩子是马鬃的还是马尾的，他就说："啥人玩啥鸟，武大郎玩鸭子。马鬃，都是贵东西，那是穿绸穿缎的人拿着，腕上戴着藤萝镯，指上戴着大扳指。什么人玩什么物。穷人，野鬼，不要自不量力，让人家笑话……"

传说天上的那颗大昴星，就是灶王爷骑着毛驴上西天的时候，他手里打着的那个灯笼，因为毛驴跑得太快，一不加小心灯笼就掉在天空了。我就常常把这个话题来问祖父，说那灯笼为什么掉在天空就永久长在那里了，为什么不落在地上来？

这话题，我看祖父也回答不出的，但是因为我的非问不可，祖父也就非答不可了。他说，天空里有一个灯笼杆子，那才高呢，大昴星就挑在那灯笼杆子上，并且那灯笼杆子，人的眼睛是看不见的。

我说："不对，我不相信……"

我说："没有灯笼杆子，若是有，为什么我看不见？"

于是祖父又说："天上有一根线，大昴星就被那线系着。"

我说："我不信，天上没有线的，有，为什么我看不见？"

祖父说："线是细的嘛，你哪能看见，就是谁也看不见的。"

我就问祖父："谁也看不见，你怎么看见啦？"

乘凉的人都笑了，都说我真厉害。

于是祖父被逼得东说西说，说也说不上来了。眼看祖父被我逼得胡诌起来，我也知道他说不清楚了，不过他越胡诌我就越逼他。

到后来连大昴星是龙王爷的灯笼这回事，我也推翻了。我问祖父大昴星到底是个什么。别人看我纠缠不清了，就有出主意的让我问有二伯去。

我跑到了有二伯坐着的地方，我还没有问，刚一碰了他的蝇甩子，他就把我吓了一跳。他把蝇甩子一抖，号唠一声："你这孩子，远点去吧……"

使我不得不站得远一点，我说："有二伯，你说那天上的大昴星到底是个什么？"

他没有立刻回答我，他似乎想了一想，才说：

"穷人不观天象。狗咬耗子，猫看家，多管闲事。"

我又问，我以为他没有听准："大昴星是龙王爷的灯笼吗？"

他说："你二伯虽然也长了眼睛，但是一辈子没有看见什么。你二伯虽然也长了耳朵，但是一辈子也没有听见什么。你二伯是又聋又瞎，这话可怎么说呢？比方那亮亮堂堂的大瓦房吧，你二伯也有看见了的，可是看见了怎么样，是人家的，看见了也是白看。听也是一样，听见了又怎样，与你不相干……你二伯活着是个不相干……星星，月亮，刮风，下雨，那是天老爷的事情，你二伯不知道……"

有二伯真古怪，他走路的时候，他的脚踢到了一块砖头，那砖头把他的脚碰痛了。他就很小心地弯下腰去把砖头拾起来，他细细地端详着那砖头，看看那砖头长得是否不瘦不胖，是否顺眼，看完了，他才和那砖头开始讲话："你这小子，我看你也是没有眼睛，也是跟我一样，也是瞎目眵眼的，不然你为啥往我脚上撞，若有胆子撞，就撞那个耀武扬威的，脚上

178

穿着靴子鞋的……你撞我还不是个白撞，撞不出一大二小来，臭泥子滚石头，越滚越臭……"

他和那砖头把话谈完了，他才顺手把它抛开去，临抛开的时候，他还最后嘱咐了它一句："下回你往那穿鞋穿袜的脚上去碰啊。"

他这话说完了，那砖头也就啪嗒地落到了地上。原来他没有抛得多远，那砖头又落到原来的地方。

有二伯走在院子里，天空飞着的麻雀或是燕子若落了一点粪在他的身上，他就停下脚来，站在那里不走了。他仰着头。他骂着那早已飞过去了的雀子，大意是：那雀子怎样怎样不该把粪落在他身上，应该落在那穿绸穿缎的人的身上，不外骂那雀子糊涂瞎眼之类。

可是那雀子很敏捷地落了粪之后，早已飞得无影无踪了，于是他就骂着他头顶上那块蓝瓦瓦的天空。

有二伯的尊严

有二伯说话的时候，把"这个"说成"介个"。

"介个人好。"

"介个人坏。"

"介个人狼心狗肺。"

"介个物不是物。"

"家雀也往身上落粪，介个年头是啥年头。"

还有，有二伯不吃羊肉。

祖父说，有二伯在三十年前就来到了我们家里，那时候他才三十多岁。而今有二伯六十多岁了。

他的乳名叫有子，他已经六十多岁了，还叫着乳名。祖父叫他"有子做这个""有子做那个"。

我们叫他有二伯。

老厨子叫他有二爷。

他到房户、地户那里去，人家叫他有二东家。

他到北街头的烧锅去，人家叫他有二掌柜的。

他到油房去抬油，人家也叫他有二掌柜的。

他到肉铺子上去买肉，人家也叫他有二掌柜的。

一听人家叫他"二掌柜的"，他就笑逐颜开。叫他有二爷，叫他有二东家，叫他有二伯也都是一样地笑逐颜开。

有二伯最忌讳人家叫他的乳名，比方街上的孩子们，那些讨厌的，就常常在他的背后抛一颗石子，掘一捧灰土，嘴里边喊着"有二子""大有子""小有子"。

有二伯一遇到这机会，就没有不立刻打了过去的，他手里若是拿着蝇甩子，他就用蝇甩子把去打。他手里若是拿着烟袋，他就用烟袋锅子去打。把他气得像老母鸡似的，眼睛都气红了。

那些顽皮的孩子一看他打了来，就立刻说："有二爷，有二东家，有二掌柜，有二伯。"并且举起手来作着揖，向他朝拜着。

　　有二伯一看他们这样子，立刻就笑逐颜开，也不打他们了，就走自己的路去了。可是他走不了多远，那些孩子就又在后边吵起来了，什么："有二爷，兔儿爷。""有二伯，打桨杆。""有二东家，捉大王八。"

　　他在前边走，孩子们还在他背后的远处喊，一边喊着，一边扬着街道上的灰土，灰土高飞着，一会儿工夫，街上闹成个小旋风似的了。

　　有二伯不知道听见了这个与否，但孩子们以为他是听见了的。有二伯却很庄严的，头也不回地一步一步地沉着地向前走去了。

　　"有二爷。"老厨子总是一开口"有二爷"，一闭口"有二爷"地叫着。

　　"有二爷的蝇甩子……"

　　"有二爷的烟袋锅子……"

　　"有二爷的烟荷包……"

"有二爷的烟荷包疙瘩……"

"有二爷，吃饭啦……"

"有二爷，天下雨啦……"

"有二爷，快看吧，院子里的狗打仗啦……"

"有二爷，猫上墙头啦……"

"有二爷，你的蝇甩子掉了毛啦。"

"有二爷，你的草帽顶落了家雀粪啦。"

老厨子一向是叫他"有二爷"的。唯独他们两个一吵起来的时候，老厨子就说："我看你这个'二爷'一丢了，就只剩下个'有'字了。"

"有字"和"有子"差不多，有二伯一听正好是他的乳名。于是他和老厨子骂了起来，他骂他一句，他骂他两句，越骂声音越大，有时他们两个也就打了起来。但是过了不久，他们两个又照旧地好了起来。又是："有二爷这个。""有二爷那个。"

老厨子一高起兴来，就说："有二爷，我看你的头上去了个'有'字，不就只剩了'二爷'吗?"

有二伯于是又笑逐颜开了。

祖父叫他"有子"，他不生气，他说："向皇上说话，还称自己是奴才呢！总也得有个大小。宰相大不大，可是他见了皇上也得跪下，在万人之上，在一人之下。"

有二伯的胆子是很大的，他什么也不怕。我问他怕狼不怕？

他说："狼有什么怕的，在山上，你二伯小的时候上山放猪去，那山上就有狼。"

我问他敢走黑路不？

他说："走黑路怕啥的，没有亏心事，不怕鬼叫门。"

我问他夜里一个人，敢过那东大桥吗？

他说："有啥不敢的，你二伯就是亏心事不敢做，别的都敢。"

有二伯常常说，跑毛子的时候（日俄战时）他怎样怎样的胆大，全城都跑空了，我们家也跑空了。那毛子拿着大马刀在街上跑来跑去，骑在马身上，那真是杀人无数。见了关着大门的就敲，敲开了，抓着人就杀。有二伯说："毛子在街上跑来跑去，那大马蹄子跑得嗒嗒地响，我正自己煮面条吃呢，毛子就来敲大门了，在外边喊着'里边有人没有？'若有人快点把门打开，不打开毛子就要拿刀把门劈开的，劈开门进来，那就没有好，非杀不可……"

我就问："有二伯你可怕？"

他说："你二伯烧着一锅开水，正在下着面条。那毛子在外边敲，你二伯还在屋里吃面呢……"

我还是问他："你可怕？"

他说："怕什么？"

我说："那毛子进来，他不拿马刀杀你？"

他说："杀又怎么样！不就是一条命吗？"

可是每当他和祖父算起账来的时候，他就不这么说了。他说："人是肉长的呀！人是爹娘养的呀！谁没有五脏六腑。不怕，怎么能不怕！也是吓得抖抖乱颤……眼看着那是大马刀，一刀下来，一条命就完了。"

我一问他："你不是说过你不怕吗？"

这种时候，他就骂我："没心肝的，远的去着吧！不怕，是人还有不怕的……"

不知怎么的，他一和祖父提起跑毛子来，他就胆小了，他自己越说越怕。有的时候他还哭了起来。说那大马刀闪光锃亮，说那毛子骑在马上乱杀乱砍。

●作 家 介 绍
●萧红作品精选
●经典名句赏析

扫码领取

有二伯的行李

有二伯的行李，是零零碎碎的，一掀动他的被子就从被角往外流着棉花，一掀动他的褥子，那所铺着的毡片，就一片一片地好像活动地图似的一省一省地割据开了。

有二伯的枕头，里边装的是荞麦壳，每当他一抡动的时候，那枕头就在角上或是在肚上露了馅儿了，哗哗地往外流着荞麦壳。

有二伯是爱护他这一套行李的，没有事的时候，他就拿起针来缝它们。缝缝枕头，缝缝毡片，缝缝被子。

不知他的东西怎那样的不结实，有二伯三天两天地就要动手缝一次。

有二伯的手是很粗的，因此他拿着一根很大的大针，他说太小的针他拿不住的。他的针是太大了点，迎着太阳，好像一根女人头上的银簪子似的。

他往针鼻里穿线的时候，那才好看呢，他把针线举得高高的，睁着一只眼睛，闭着一只眼睛，好像是在瞄准，好像他在半空里看见了一样东西，他想要快快地拿它，又怕拿不准跑了，想要研究一会儿再去拿，又怕过一会儿就没有了，于是他的手一着急就哆嗦起来，那才好看呢。

有二伯的行李，睡觉起来，就卷起来。卷起来之后，用绳子捆着，好像他每天要去旅行的样子。

有二伯没有一定的住处，今天住在那咔咔响着房架子的粉坊里，明天住在养猪的那家的小猪倌的炕梢上，后天也许就和那后磨坊里的冯歪嘴子一条炕睡上了，反正他是什么地方有空他就在什么地方睡。

他的行李他自己背着，老厨子一看他背起行李，就大嚷大叫地说:"有二爷,又赶集去了⋯⋯"

有二伯也就远远地回答着:"老王,我去赶集,你有啥捎的没有哇?"

于是有二伯又自己走自己的路,到房户的家里的方便地方投宿去了。

扫码领取

• 作 家 介 绍
• 萧红作品精选
• 经典名句赏析

草帽、衣裳、鞋子和脚步

　　有二伯的草帽没有边沿，只有一个帽顶，他的脸焦焦黑，他的头顶雪雪白。黑白分明的地方，就正是那草帽扣下去被切得溜齐的脑盖的地方。他每一摘下帽子来，是上一半白，下一半黑，就好像后园里的倭瓜晒着太阳的那半是绿的，背着阴的那半是白的一样。

　　不过他一戴起草帽来也就看不见了。他戴帽的尺度是很准确的，一戴就把帽边很准确地切在了黑白分明的那条线上。不高不低，就正正地在那条线上。偶尔也戴得略微高了一点，但是这种时候很少，不大被人注意。那就是草帽与脑盖之间，好像镶了一趟窄窄的白边似的，有那么一趟白线。

有二伯穿的是大半截子的衣裳，不是长衫，也不是短衫，而是齐到膝头那么长的衣裳，那衣裳是鱼蓝色竹布的，带着四方大尖托领，宽衣大袖，怀前带着大麻铜纽子。

这衣裳本是前清的旧货，压在祖父的箱底里，祖母死了，就陆续地穿在有二伯的身上了。

所以有二伯一走在街上，都不知他是哪个朝代的人。

老厨子常说："有二爷，你宽衣大袖的，和尚看了像和尚，道人看了像道人。"

有二伯是喜欢卷着裤脚的，所以耕田种地的庄稼人看了，又以为他是一个庄稼人，一定是插秧了刚刚回来。

有二伯的鞋子，不是前边掉了底，就是后边缺了跟。他自己前边掌掌，后边钉钉，似乎钉也钉不好，掌也掌不好，过了几天，又是掉底缺跟仍然照旧。

走路的时候拖拖的，再不然就跶跶的。前边掉了底，那鞋就张着嘴，他的脚好像舌头似的，每一迈步，就在那"大嘴"里边活动着，后边缺了跟，每一走动，就踢踢跶跶地脚跟打着鞋底发响。

有二伯的脚，永远离不开地面，母亲说他的脚下了千斤闸。老厨子说有二伯的脚上了绊马索。有二伯自己则说："你二伯挂了绊脚丝了。"

绊脚丝是人临死的时候挂在两只脚上的绳子。有二伯就这样地说着自己。

有二伯虽然作弄成一个耍猴不像耍猴的，讨饭不像讨饭的，可是他一走起路来，却是端庄、沉静，两个脚跟非常有力，打得地面咚咚地响，而且是慢吞吞地前进，好像一位大将军似的。

有二伯一进了祖父的屋子，那摆在琴桌上的那口黑色的座钟，钟里边的钟摆就常常咯棱棱咯棱棱地响了一阵就停下来了。

原来有二伯的脚步过于沉重了点，好像大石头似的打着地板，使地板上所有的东西，一时都起了跳动。

有二伯偷东西

有二伯偷东西被我撞见了。

秋末，后园里的大榆树也落了叶子，园里荒凉了，没有什么好玩的了。

长在前院的蒿草，也都败坏了而倒了下来，房后菜园上的各种秧棵完全挂满了白霜，老榆树全身的叶子已经没有多少了，可是秋风还在摇动着它。天空是发灰的，云彩也失了形状，好像被洗过砚台的水盆，有深有浅，混洞洞的。这样的云彩，有时带来了雨点，有时带来了细雪。

这样的天气，我为着外边没有好玩的，就在藏乱东西的后房里玩着。我爬上了装旧东西的屋顶。我是蹬着箱子上去的，我摸到了一个小琉璃罐，那里边装的完全是黑枣。等我抱着这罐子要下来的时候，可就下不来了，方才上来的时候，我蹬着的那箱子，有二伯站在那里正在开着它。他不是用钥匙开，他是用铁丝在开。

我看着他开了很多时候，他用牙齿咬着他手里的那块小东西……他歪着头，咬得咯咯啦啦地发响。咬了之后又放在手里扭着它，而后又把它触到箱子上去试一试。

他显然不知道我在棚顶上看着他，他既打开了箱子，他就把没有边沿的草帽脱下来，把那块咬了半天的小东西就压在帽顶里面。

他把箱子翻了好几次，红色的椅垫，蓝色粗布的绣花围裙，女人的绣花鞋子……还有一团滚乱的花色的丝线，在箱子底下还躺着一只湛黄的铜酒壶。

有二伯用他满都是脉络的粗手把绣花鞋子、乱丝线抓到一边去，只把铜酒壶从那一堆之中抓出来了。

太师椅上的红垫子，他把它放在地上，用腰带捆了起来。铜酒壶放在箱子盖上，而后把箱子锁了。看样子好像他要带着这些东西出去，不知为什么，他没有带东西，他自己出去了。我一看他出去，我赶快蹬着箱子就下来了。

我一下来，有二伯就又回来了，这一下子可把我吓了一跳，因为我是在偷黑枣，若让母亲晓得了，母亲非打我不可。

平常我偷着把鸡蛋馒头之类，拿出去和邻居家的孩子一块吃，有二伯一看见就没有不告诉母亲的，母亲一晓得就打我。

他先提起门旁的椅垫子，而后又来拿箱子盖上的铜酒壶。等他掀着衣襟把铜酒壶压在肚子上边，他才看到墙角上站着的我。

他的肚子前压着铜酒壶，我的肚子前抱着一罐黑枣。他偷，我也偷，所以两边害怕。有二伯一看见我，头上立刻就冒着很大的汗珠。他说："你不说吗？"

"说什么……"

"不说，好孩子……"他拍着我的头顶。

"那么，你让我把这琉璃罐拿出去。"

他说："拿吧。"

他没有阻挡我。我看他不阻挡我，我还在门旁的筐子里抓了四五个大馒头，就跑了。

有二伯还在粮食仓子里边偷米，用大口袋背着，背到大桥东边那粮米铺去卖了。

有二伯还偷各种东西，锡火锅、大铜钱、烟袋嘴……反正家里边一丢了东西，就说有二伯偷去了。有的东西是老厨子偷去的，也就赖上了有二伯。有的东西是我偷着拿出去玩了，也赖上了有二伯。还有比方一个镰刀头，根本没有丢，只不过放忘了地方，等用的时候一找不到，就说有二伯偷去了。

有二伯带着我上公园的时候，他什么也不买给我吃。公园里边卖什么的都有，油炸糕，香油掀饼，豆腐脑，等等，他一样也不买给我吃。

我若是稍稍在那卖东西吃的旁边一站，他就说：

"快走吧，快往前走。"

逛公园就好像赶路似的，他一步也不让我停。

公园里变把戏的，耍熊瞎子的都有，敲锣打鼓，非常热闹，而他不让我看。我若是稍稍地在那变把戏的前边停了一停，他就说："快走吧，快往前走。"

不知为什么他时时在追着我。

等走到一个卖冰水的白布篷前边，我看见那玻璃瓶子里边泡着两个焦黄的大佛手，这东西我没有见过，我就问有二伯那是什么。

他说："快走吧，快往前走。"

好像我若再多看一会儿工夫，人家就要来打我了似的。

等来到了跑马戏的近前，那里边连喊带唱的，实在热闹，我就非要进去看不可。有二伯则一定不进去，他说："没有什么好看的……"

他说："你二伯不看介个……"

他又说："家里边吃饭了。"

他又说："你再闹，我打你。"

到了后来，他才说："你二伯也是愿意看，好看的有谁不愿意看。你二伯没有钱，没有钱买票，人家不让咱进去。"

在公园里边，当场我就拉住了有二伯的口袋，给他施以检查，检查出几个铜板来，买票这不够的。有二伯又说："你二伯没有钱……"

我一急就说："没有钱你不会偷？"

有二伯听了我那话，脸色雪白，可是一转眼之间又变成通红的了。他通红的脸上，他的小眼睛故意地笑着，他的嘴唇颤抖着，好像他又要照着他的习惯，一串一串地说一大套的话，但是他没有说。

"回家吧！"他想了一想之后，他这样地招呼着我。

我还看见过有二伯偷过一个大澡盆。

我家院子里本来一天到晚是静的，祖父常常睡觉，父亲不在家里，母亲也只是在屋子里边忙着，外边的事情，她不大看见。

尤其是到了夏天睡午觉的时候，全家都睡了，老厨子也睡了，连大黄狗也睡在有阴凉的地方了。所以前院、后园，静悄悄的一个人也没有，一点声音也没有。

就在这样的一个白天，一个大澡盆被一个人掮着在后园里边走起来了。

那大澡盆是白洋铁的，在太阳下边闪光锃亮。大澡盆有一人多长，一边走着还一边咣啷咣啷地响着。看起来，很害怕，好像瞎话上的白色的大蛇。

那大澡盆太大了，扣在有二伯的头上，一时看不见有二伯，只看见了大澡盆。好像那大澡盆自己走动了起来似的。再一细看，才知道是有二伯顶着它。

有二伯走路，好像是没有眼睛似的，东倒一倒，西斜一斜，两边歪着。我怕他撞到了我，我就靠住了墙根上。那大澡盆是很深的，从有二伯头上扣下来，一直扣到他的腰间。所以他看不见路了，他摸着往前走。

有二伯偷了这澡盆之后，就像他偷那铜酒壶之后的一样。一被发现了之后，老厨子就天天戏弄他，用各种话戏弄着有二伯。有二伯偷了铜酒壶之后，每当他拿着酒壶喝酒的时候，老厨子就问他："有二爷，喝酒是铜酒壶好哇，还是锡酒壶好？"

有二伯说："什么的还不是一样，反正喝的是酒。"

老厨子说："不见得吧，大概还是铜的好呢……"

有二伯说："铜的有啥好！"

老厨子说："对了，有二爷。咱们就是不要铜酒壶，铜酒壶拿去卖了也不值钱。"

旁边的人听到这里都笑了，可是有二伯还不自觉。

老厨子问有二伯："一个铜酒壶卖多少钱？"

有二伯说："没卖过，不知道。"

到后来老厨子又说五十吊，又说七十吊。

有二伯说："哪有那么贵的价钱，好大一个铜酒壶还卖不上三十吊呢。"

于是把大家都笑坏了。

自从有二伯偷了澡盆之后，那老厨子就不提酒壶，而常常问有二伯洗澡不洗澡，问他一年洗几次澡，问有二伯一辈子洗几次澡。他还问人死了到阴间也洗澡吗？

有二伯说："到阴间，阴间阳间一样，活着是个穷人，死了是条穷鬼。阎王爷也不爱惜穷鬼，不下地狱就是好的。还洗澡呢！别玷污了那洗澡水。"

老厨子于是说："有二爷，照你说的穷人是用不着澡盆的啰！"

有二伯有点听出来了，就说："阴间没去过，用不用不知道。"

"不知道？"

"不知道。"

"我看你是明明知道，我看你是昧着良心说瞎话……"老厨子说。

于是两个人打起来了。

有二伯逼着问老厨子，他哪儿昧过良心。有二伯说："一辈子没昧过良心。走得正，行得端，一步两脚窝……"

老厨子说："两脚窝，看不透……"

有二伯正颜厉色地说："你有什么看不透的?"

老厨子说："说出来怕你羞死!"

有二伯说："死,死不了;你别看我穷,穷人还有个穷活头。"

老厨子说："我看你也是死不了。"

有二伯说："死不了。"

老厨子说："死不了,老不死,我看你也是个老不死的。"

有的时候,他们两个能接续着骂一两天,每次到后来,都是有二伯打了败仗。老厨子骂他是个老"绝后"。

有二伯每一听到这两个字,就甚于一切别的字,比"见阎王"更坏。于是他哭了起来,他说："可不是嘛!死了连个添坟上土的人也没有。人活一辈子是个白活,到了终归是一场空……无家无业,死了连个打灵头幡的人也没有。"

于是他们两个又和和平平地,笑笑嘻嘻地照旧地过着和平的日子。

有二伯的闹剧

后来我家在五间正房的旁边，造了三间东厢房。

这新房子一造起来，有二伯就搬回家里来住了。

我家是静的，尤其是夜里，连鸡鸭都上了架，房头的鸽子，檐前的麻雀也都各自回到自己的窝里去睡觉了。

这时候就常常听到厢房里的哭声。

有一回父亲打了有二伯，父亲三十多岁，有二伯快六十岁了。他站起来就被父亲打倒下去，他再站起来，又被父亲打倒下去，最后他起不来了，他躺在院子里边了，而他的鼻子也许是嘴还流了一些血。

院子里一些看热闹的人都站得远远的，大黄狗也吓跑了，鸡也吓跑了。老厨子该收柴收柴，该担水担水，假装没有看见。

有二伯孤零零地躺在院心，他的没有边的草帽也被打掉了，所以看得见有二伯的头部的上一半是白的，下一半是黑的，而且黑白分明的那条线就在他的前额上，好像西瓜的"阴阳面"。

有二伯就这样自己躺着，躺了许多时候，才有两只鸭子来啄食洒在有二伯身边的那些血。

那两只鸭子，一个是花脖，一个是绿头顶。

有二伯要上吊，就是这个夜里，他先是骂着，后是哭着，到后来也不哭也不骂了。又过了一会儿，老厨子一声喊起，几乎是发现了什么怪物似的大叫："有二爷上吊啦！有二爷上吊啦！"

祖父穿起衣裳来，带着我。等我们跑到厢房去一看，有二伯不在了。

老厨子在房子外边招呼着我们。我们一看南房梢上挂了绳子，是黑夜，本来看不见，是老厨子打着灯笼我们才看到的。南房梢上有一根两丈来高的横杆，绳子在那横杆上悠悠荡荡地垂着。有二伯在哪里呢？等我们拿灯笼一照，才看见他在房墙的根边，好好地坐着。他也没有哭，他也没有骂。等我再拿灯笼向他脸上一照，我看他用哭红了的小眼睛瞪了我一下。

过了不久，有二伯又跳井了。是在同院住的挑水的来报的信，又敲窗户又打门。我们跑到井边上一看，有二伯并没有在井里边，而是坐在井外边，而是在离开井口五十步之外的安安稳稳的柴堆上，他在那柴堆上安安稳稳地坐着。

我们打着灯笼一照，他还在那里拿着小烟袋抽烟呢。

老厨子、挑水的、粉坊里的漏粉的都来了，惊动了不少的邻居。

他开初是一动不动。后来他看人们来全了，站起来就往井边上跑，于是许多人就把他抓住了，那许多人，哪里会眼看着他去跳井的。

有二伯去跳井，他的烟荷包、小烟袋都带着，人

们推劝着他回家的时候，那柴堆上还有一支小洋蜡，他说："把那洋蜡给我带着。"

后来，有二伯"跳井""上吊"这些事都成了笑话，街上的孩子都给编成了一套歌在唱着："有二爷跳井，没那么回事。""有二伯上吊，白吓唬人。"

老厨子说他贪生怕死，别人也都说他死不了。以后有二伯再"跳井""上吊"也都没有人看他了。有二伯还是活着。

"兔羔子"

　　我家的院子是荒凉的，冬天一片白雪，夏天则满院蒿草。风来了，蒿草发着声响，雨来了，蒿草梢上冒烟了。没有风，没有雨，则关着大门静静地过着日子。

　　狗有狗窝，鸡有鸡架，鸟有鸟笼，一切各得其所。唯独有二伯夜夜不好好地睡觉。在那厢房里边，他自己半夜三更的就讲起话来。

　　"说我怕'死'我也不是吹，叫过三个两个来看！问问他们见过'死'没有！那俄国毛子的大马刀闪光锃亮，说杀就杀，说砍就砍。那些胆大的，不怕死的，一听说俄国毛子来了，只顾逃命，连家业也不要了。那时候，若不是这胆小的给他守着，怕是跑毛子回来连条裤子都没有穿的。到了如今，吃得饱，穿得暖，前因后果连想也不想，早就忘到九霄云外去了。良心长到肋条上，黑心痫，铁面人……

"……说我怕死，我也不是吹，兵马刀枪我见过，霹雷、黄风我见过。就说那俄国毛子的大马刀吧，见人就砍，可是我也没有怕过，说我怕死……介年头是啥年头……"

那东厢房里，有二伯一套套地讲着，又是河沟涨水了，水涨得多么大，别人没有敢过的，有二伯说他敢过。又是什么时候有一次着大火，别人都逃了，有二伯上去抢了不少的东西。又是他的小时候，上山去打柴，遇见了狼，那狼是多么凶狠，他说："狼心狗肺，介个年头的人狼心狗肺的，吃香的喝辣的。好人在介个年头，是个王八蛋兔羔子……"

"兔羔子，兔羔子……"有二伯夜里不睡，有的时候就来到院子里没头没尾地"兔羔子、兔羔子"自己说着话。

半夜三更的，鸡鸭猫狗都睡了，唯独有二伯不睡。

　　祖父的窗子上了帘子，看不见天上的星星月亮，看不见大昂星落了没有，看不见三星是否打了横梁，只见白煞煞的窗帘子被星光月光照得发白通亮。

　　等我睡醒了，我听见有二伯"兔羔子、兔羔子"地自己在说话，我要起来掀起窗帘来往院子里看一看他。祖父不让我起来，祖父说："好好睡吧，明天早晨早早起来，咱们烧苞米吃。"

　　祖父怕我起来，就用好话安慰着我。等再睡觉了，就在梦中听到了呼兰河的南岸，或是呼兰河城外远处的狗咬。

　　于是我做了一个梦，梦见了一只大白兔，那兔子的耳朵和那磨坊里的小驴的耳朵一般大。我听见有二伯说"兔羔子"，我想到一只大白兔，我听到了磨坊的梆子声，我想到了磨坊里的小毛驴，于是梦见了白兔长了毛驴那么大的耳朵。

　　我抱着那大白兔，越看越喜欢，我一笑笑醒了。醒来一听，有二伯仍旧"兔羔子、兔羔子"地坐在院子里。后边那磨坊里的梆子也还打得很响。

我梦见的这大白兔，我问祖父是不是就是有二伯所说的"兔羔子"？

祖父说："快睡觉吧，半夜三更不好讲话的。"说完了，祖父也笑了，他又说："快睡吧，夜里不好多讲话的。"

我和祖父都没有睡着，我们听到那远处的狗咬，慢慢地由远而近，近处的狗也有的叫了起来。大墙之外，已经稀疏疏地有车马经过了，原来天已经快亮了。可是有二伯还在骂"兔羔子"，后边磨坊里的磨倌还在打着梆子。

第二天早晨一起来，我就跑去问有二伯："兔羔子是不是就是大白兔？"

有二伯一听就生气了："你们家里没好东西，尽是些耗子，从上到下，都是良心长在肋条上，大人是大耗子，小孩是小耗子……"

我不知道他说的是什么，我听了一会儿，没有听懂。

冯歪嘴子

磨坊里边住着冯歪嘴子。

冯歪嘴子打着梆子，半夜半夜地打，一夜一夜地打。冬天还稍微好一点，夏天就打得更厉害。

那磨坊的窗子临着我家的后园。我家的后园四周的墙根上都种着倭瓜、西葫芦或是黄瓜等类会爬蔓子的植物；倭瓜爬上墙头了，在墙头上开起花来了，有的竟越过了高墙爬到街上去，向着大街开了一朵火黄的黄花。

因此，那厨房的窗子上也就爬满了那顶会爬蔓子的黄瓜了。黄瓜的小细蔓，细得像银丝似的，太阳一来的时候，那小细蔓闪眼湛亮，那蔓梢干净得好像用黄蜡抽成的丝子，一棵黄瓜秧上伸出来无数的这样的丝子。丝蔓的尖顶每棵都是掉转头来向回蜷曲着，好像是说它们虽然勇敢，大树、野草、墙头、窗棂，到处地乱爬，但到底它们也怀着恐惧的心理。

太阳一出来了，那些在夜里冷清清的丝蔓，一变而为温暖了，于是它们向前发展的速率更快了，好像眼看着那丝蔓就长了，就向前跑去了。因为种在磨坊窗根下的黄瓜秧，一天爬上了窗台，两天爬上了窗棂，等到第三天就在窗棂上开花了。

再过几天，一不留心，那黄瓜梗经过了磨坊的窗子，爬上房顶去了。后来那黄瓜秧就像它们彼此招呼着似的，成群结队地就都一齐把那磨坊的窗给蒙住了。

从此那磨坊里边的磨倌就见不着天日了。磨坊就有一张窗子，而今被黄瓜掩遮得风雨不透。从此那磨坊里黑沉沉的，园里、园外，分成两个世界了。冯歪嘴子就被分到花园以外去了。

但是从外边看起来，那窗子实在好看，开花的开花，结果的结果，满窗是黄瓜了。还有一棵倭瓜秧，也顺着磨坊的窗子爬到房顶去了，就在房檐上结了一个大倭瓜。那倭瓜不像是从秧子上长出来的，好像是由人搬着坐在那屋瓦上晒太阳似的，实在好看。

夏天，我在后园里玩的时候，冯歪嘴子就喊我，他向我要黄瓜。我就摘了黄瓜，从窗子递进去。那窗子被黄瓜秧封闭得严密得很，冯歪嘴子用手扒开那满窗的叶子，从一条小缝中伸出手来把黄瓜拿进去。

有时候，他停止了打他的梆子，他问我，黄瓜长了多大了？西红柿红了没有？他与这后园只隔了一张窗子，就像关着多远似的。

祖父在园子里的时候，他和祖父谈话。他说拉着磨的小驴，驴蹄子坏了，一走一瘸。祖父说请个兽医给它看看。冯歪嘴子说，看过了，也不见好。祖父问那驴吃的什么药？冯歪嘴子说吃的是黄瓜子拌高粱醋。

冯歪嘴子在窗里，祖父在窗外，祖父看不见冯歪嘴子，冯歪嘴子看不见祖父。

有的时候，祖父走远了，回屋去了，只剩下我一个人在磨坊的墙根下边坐着玩，我听到了冯歪嘴子还说："老太爷今年没下乡去看看哪！"

有的时候，我听了这话，我故意地不出声，听听他往下还说什么。

有的时候，我心里觉得可笑，忍也不能忍住，我就跳了起来了，用手敲打着窗子，笑得我把窗上挂着的黄瓜都敲打掉了。而后我一溜烟地跑进屋去，把这情形告诉了祖父。祖父也和我一样，笑得不能停了，眼睛笑出眼泪来。但是总是说，不要笑啦，不要笑啦，怕他听见。有的时候祖父竟把后门关起来再笑。祖父怕冯歪嘴子听见了不好意思。

但是老厨子就不然了。有的时候，他和冯歪嘴子谈天，故意谈到一半他就溜掉了，因为冯歪嘴子隔着爬满了黄瓜秧的窗子，看不见他走了，就自己独自说了一大篇话，而后让他故意得不到反响。

老厨子提着筐子到后园去摘茄子，一边摘着一边就跟冯歪嘴子谈话，正谈到半路，老厨子蹑手蹑脚地，提着筐子就溜了，回到屋里烧饭去了。

这时冯歪嘴子还在磨坊里大声地说："西公园来了跑马戏的，我还没得空去看，你去看过了吗？老王。"

其实后花园里一个人也没有了，蜻蜓、蝴蝶随意地飞着，冯歪嘴子的话声，空空地落到花园里来，又空空地消失了。

烟消火灭了。

等他发现了老王早已不在花园里，他这才又打起梆子来，看着小驴拉磨。

有二伯和冯歪嘴子谈话，可从来没有偷着溜掉过，他问下雨天，磨坊的房顶漏得厉害不厉害？磨坊里的耗子多不多？

冯歪嘴子同时也问着有二伯，今年后园里雨水大吗？茄子、芸豆都快罢园了吧？

他们两个彼此说完了话，有二伯让冯歪嘴子到后园里来走走，冯歪嘴子让有二伯到磨坊去坐坐。

"有空到园子里来走走。"

"有空到磨坊里来坐坐。"

有二伯于是就告别走出园子，冯歪嘴子照旧打他的梆子。

秋天，大榆树的叶子黄了，墙头上的狗尾草干倒了，园里一天一天地荒凉起来了。这时候冯歪嘴子的窗子也露出来了。因为那些纠纠缠缠的黄瓜秧都蔫败了，舍弃了窗棂脱落下来了。

于是，站在后园里就可看到冯歪嘴子，扒着窗子就可以看到在拉磨的小驴。那小驴竖着耳朵，戴着眼罩，走了三五步就响一次鼻子，每一抬脚那只后腿就有点瘸，每一停下来，小驴就用三条腿站着。

冯歪嘴子说小驴的一条腿坏了。

这窗子上的黄瓜秧一干掉了，磨坊里的冯歪嘴子就天天可以看到的。

冯歪嘴子喝酒了，冯歪嘴子睡觉了，冯歪嘴子打梆子了，冯歪嘴子拉胡琴了，冯歪嘴子唱唱本了，冯歪嘴子摇风车了。只要一扒着那窗台，就什么都可以看见的。

一到了秋天，新鲜黏米一下来的时候，冯歪嘴子就三天一拉磨，两天一拉年糕。黄米年糕，撒上大芸豆。一层黄，一层红，黄的金黄，红的通红。三个铜板一条，两个铜板一片的用刀切着卖，愿意加红糖的有红糖，愿意加白糖的有白糖。加了糖不另要钱。

冯歪嘴子推着单轮车在街上一走，小孩子们就在后边跟了一大帮，有的花钱买，有的围着看。

祖父最喜欢吃这年糕，母亲也喜欢，而我更喜欢。母亲有时让老厨子去买，有的时候让我去买。不过买了来是有数的，一人只能吃手掌那么大的一片，不准多吃，吃多了怕不能消化。

祖父一边吃着，一边说够了够了，意思是怕我多吃。母亲吃完了也说够了，意思是怕我还要去买。其实我真的觉得不够，觉得再吃两块也还不多呢！不过经别人这样一说，我也就没有什么办法了，也就不好意思喊着再去买，但是实在话是没有吃够的。

当我在大门外玩的时候，推着单轮车的冯歪嘴子总是在那块大年糕上切下一片来送给我吃，于是我就接受了。

当我在院子里玩的时候，冯歪嘴子一喊着"年糕""年糕"地从大墙外经过，我就爬上墙头去了。

西南角上的那段土墙，因为年久了出了一个豁，我就扒着那墙豁往外看着。果然冯歪嘴子推着年糕的单轮车由远而近了，来到我的旁边，就问着："要吃一片吗？"

我也不说吃，也不说不吃，但我也不从墙头上下来，还是若无其事地待在那里。冯歪嘴子把车子一停，切好一片年糕送上来了。

一到了冬天，冯歪嘴子差不多天天出去卖一锅年糕的。

这年糕在做的时候，需要很大的一口锅，里边烧着开水，锅口上坐着竹帘子。把碾碎了的黄米粉就撒在这竹帘子上，撒一层粉，撒一层豆。冯歪嘴子就在磨坊里撒的，弄得满屋热气腾腾。进去买年糕的时候，刚一开门，只听屋里柴火烧得噼啪地响，竟看不见人了。

我去买年糕的时候，我总是去得早一点，我在那边等着，等着刚一出锅，好买热的。

那屋里的蒸汽实在大，是看不见人的。每次我一开门，我就说："我来了。"

冯歪嘴子一听我的声音就说："这边来，这边来。"

冯歪嘴子成家了

有一次母亲让我去买年糕，我略微地去得晚了一点，年糕已经出锅了。我慌慌忙忙地买了就回来了。回到家里一看，不对了。母亲让我买的是加白糖的，而我买回来的是加红糖的。当时我没有留心，回到家里一看，才知道错了。

错了，我又跑回去换。冯歪嘴子又另外切了几片，撒上白糖。接过年糕来，我正想拿着走的时候，一回头，看见了冯歪嘴子的那张小炕上挂着一张布帘。我想这是做什么，我跑过去看一看。我伸手就掀开布帘了，往里边一看，呀！里边还有一个小孩呢！

我转身就往家跑，跑到家里就跟祖父讲，说那冯歪嘴子的炕上不知谁家的女人睡在那里，女人的被窝里边还有一个小孩，那小孩还露着小头顶呢，那小孩头还是通红的呢！

　　祖父听了一会儿觉得纳闷，就说让我快吃年糕吧，一会儿凉了就不好吃了。可是我哪里吃得下去，觉得这事情真好玩，那磨坊里边，不单有一个小驴，还有一个小孩呢。

　　这一天早晨闹得年糕我也没有吃，又戴起皮帽子来，跑去看了一次。这一次，冯歪嘴子不在屋里，不知他到哪里去了，年糕大概也没有去卖，推年糕的车子还在磨盘的旁边扔着。

　　我一开门进去，风就把那些盖上的白布帘吹开了，那女人仍旧躺着不动，那小孩也一声不哭，我往屋子的四边观察一下，屋子的边处没有什么变动，只是磨盘上放着一个黄铜盆，铜盆里泡着一点破布，盆里的水已经结冰了，其余没有什么变动。

　　小驴一到冬天就住在磨坊的屋里，那小驴还是照旧地站在那里，并且还是安安敦敦地和每天一样地抹搭着眼皮。磨坊里的风车子、罗柜、磨盘，都是照旧地在那里待着，就是墙根下的那些耗子也出来和往日一样地乱跑，耗子一边跑着还一边吱吱地叫着。

我看了一会儿，看不出所以然来，觉得十分无趣。正想转身出来的时候，我发现了一个瓦盆，就在炕沿上已经像小冰山似的冻得鼓鼓的了。于是我想起这屋的冷来了，立刻觉得要打寒战，冷得不能站脚了。我一细看那扇通到后园去的窗子也通着大洞，瓦房的房盖也透着青天。

我开门就跑了，一跑到家里，家里的火炉正烧得通红，一进门就热气扑脸。我正想要问祖父那磨坊里是谁家的小孩，这时冯歪嘴子从外边来了。戴着他的四耳帽子，他未曾说话先笑一笑的样子，一看就是冯歪嘴子。

他进了屋来，坐在祖父旁边的太师椅上，那太师椅垫着红毛哔叽的厚垫子。

冯歪嘴子坐在那里，似乎有话说不出来，右手不住地摩挲着椅垫子，左手不住地拉着他的左耳朵。他未曾说话先笑的样子，笑了好几阵也没说出话来。

我们家里的火炉太热，把他的脸烤得通红的了。他说："老太爷，我摊了点事……"

祖父就问他摊了什么事呢。

冯歪嘴子坐在太师椅上扭扭歪歪的，摘下他那狗皮帽子来，手里玩弄着那皮帽子。未曾说话他先笑了，笑了好一阵工夫，他才说出一句话来："我成了家啦。"

说着冯歪嘴子的眼睛就流出眼泪来，他说："请老太爷帮帮忙，现下她们就在磨坊里呢！她们没有地方住。"

我听到了这里，就赶快抢住了，向祖父说："爷爷，那磨坊里冷啊！炕沿上的瓦盆都冻裂了。"

祖父往一边推着我，似乎他在思索的样子。我又说："那炕上还睡着一个小孩呢！"

祖父答应了让他搬到磨坊南头那个装草的房子里

去暂住。

冯歪嘴子一听，连忙就站起来了，说："道谢，道谢。"一边说着，他的眼睛又一边来了眼泪，而后戴起狗皮帽子来，眼泪汪汪地就走了。

冯歪嘴子刚一走出屋去，祖父回头就跟我说："你这孩子当人面不好多说话的。"

我那时也不过六七岁，不懂这是什么意思，我问着祖父："为什么不准说，为什么不准说？"

祖父说："你没看冯歪嘴子的眼泪都要掉下来了吗？冯歪嘴子难为情了。"

我想可有什么难为情的，我不明白。

屋里屋外一样冷

晌午，冯歪嘴子那磨坊里就吵起来了。

冯歪嘴子一声不响地站在磨盘的旁边，他的掌柜
拿着烟袋在他的眼前骂着，掌柜的太太一边骂着，一
边拍着风车子，她说："破了风水了，我这碾磨坊，
岂是你那不干不净的野老婆住的地方！"

"青龙白虎也是女人可以冲的嘛！"

"冯歪嘴子，从此我不发财，我就跟你算账；你
是什么东西，你还算个人吗？你没有脸，你若有脸你
还能把个野老婆弄到大面上来，弄到人的眼皮下边
来……你赶快给我滚蛋……"

冯歪嘴子说："我就要叫她们搬的，就搬……"

掌柜的太太说："叫她们搬，她们是什么东西，我不知道。我是叫你滚蛋的，你可把人糟蹋苦了……"

说着，她往炕上一看："哎呀！面口袋也是你那野老婆盖得的！赶快给我拿下来。我说冯歪嘴子，你可把我糟蹋苦了，你可把我糟蹋苦了。"

那个刚生下来的小孩是盖着盛面口袋在睡觉的，一齐盖着四五张，厚墩墩地压着小脸。

掌柜的太太在旁边喊着："给我拿下来，快给我拿下来！"

冯歪嘴子过去把面口袋拿下来了，立刻就露出孩子通红的小手来，而且那小手还伸伸缩缩地摇动着，摇动了几下就哭起来了。那孩子一哭，从孩子的嘴里冒着雪白的白气。

那掌柜的太太把面口袋接到手里说："可冻死我了，你赶快搬吧，我可没工夫跟你吵了……"

说着开了门缩着肩膀就跑回上屋去了。

王四掌柜的，就是冯歪嘴子的东家，他请祖父到上屋去喝茶。我们坐在上屋的炕上，一边烤着炭火盆，一边听到磨坊里的那小孩的哭声。

祖父问我的手烤暖了没有，我说还没烤暖，祖父说："烤暖了，回家吧。"

从王四掌柜的家里出来，我还说要到磨坊里去看看。祖父说，没有什么看的，要看回家暖过来再看。磨坊里没有寒暑表，我家里是有的。我问祖父："爷爷，你说磨坊的温度在多少度上？"

祖父说在零度以下。

我问："在零度以下多少？"

祖父说："没有寒暑表，哪儿知道哇！"

我说："到底在零度以下多少？"

祖父看一看天色就说："在零下七八度。"

我高兴起来了，我说："哎呀，好冷啊！那不和室外温度一样了吗？"

我抬脚就往家里跑，井台，井台旁边的水槽子，井台旁边的大石头碾子，房户老周家的大玻璃窗子，我家的大高烟筒，在我一溜烟地跑起来的时候，我看它们都移移动动的了，它们都像往后退着。我越跑越快，好像不是我在跑，而像房子和大烟筒在跑似的。

我自己玄乎得我跑得和风一般快。我想那磨坊的温度在零度以下，岂不是等于露天地了吗？这真笑话，房子和露天地一样。我越想越可笑，也就越高兴。于是连喊带叫地也就跑到家了。

●作 家 介 绍
●萧红作品精选
●经典名句赏析

扫码领取

冯歪嘴子的老婆

下半天冯歪嘴子就把小孩搬到磨坊南头那草棚子里去了。那小孩哭的声音很大，好像他并不是刚刚出生，好像他已经长大了的样子。

那草房里吵得不得了，我又想去看看。

这回那女人坐起来了，身上披着被子，很长的大辫子垂在背后，面朝里，坐在一堆草上不知在干什么，她一听门响，她一回头。我看出来了，她就是我们同院住着的老王家的大姑娘，我们都叫她王大姐的。

这可奇怪，怎么就是她呢？她一回头几乎是把我吓了一跳。我转身就想往家里跑，跑到家里好赶快告诉祖父这到底是怎么回事。

她看是我，她就先向我一笑，她长的是很大的脸孔，很尖的鼻子，每次笑的时候，她的鼻梁上就皱了一堆的褶。今天她的笑法还是和从前的一样，鼻梁处堆满了皱褶。

平常我们后园里的菜吃不了的时候，她就提着筐到我们后园来摘些茄子、黄瓜之类回家去。她是很能说能笑的人，她是很响亮的人，她和别人相见之下，她问别人："你吃饭了吗?"

那声音才大呢，好像房顶上落了喜鹊似的。

她的父亲是赶车的，她牵着马到井上去饮水，她打起水来，比她父亲打得更快，三绕两绕就是一桶。别人看了都说："这姑娘将来是个兴家立业好手!"

她在我家后园里摘菜，摘完临走的时候，常常就折一朵马蛇菜花戴在头上。

她那辫子梳得才光呢，红辫根，绿辫梢，干干净净，又加上一朵马蛇菜花戴在鬓角上，非常好看。她提着筐子前边走了，后边的人就都指指画画地说她的好处。

老厨子说她大头子大眼睛长得怪好的。有二伯说她膀大腰圆的带点福相。

母亲说她："我没有这么大的儿子，有儿子我娶她，这姑娘真响亮。"

同院住的老周家三奶奶则说："哟哟，这姑娘真是一棵大葵花，又高又大，你今年十几啦?"

周三奶奶一看到王大姐就问她十几了，已经问了不知几遍了，好像一看见就必得这么问，若不问就好像没有话说似的。

每逢一问，王大姐也总是说："二十了。"

"二十了，可得给说一个媒了。"再不然就是，"看谁家有这么大的福气，看吧，将来看吧。"

隔院的杨家的老太太，扒着墙头一看见王大姐就说："这姑娘的脸红得像一盆火似的。"

现在王大姐一笑还是一皱鼻子，不过她的脸有一点清瘦，颜色发白了许多。

她怀里抱着小孩。我看一看她，她也不好意思了，我也不好意思了。我的不好意思是因为好久不见的缘故，我想她也许是和我一样吧。我想要走，又不好意思立刻就走开。想要多待一会儿又没有什么话好说的。

我就站在那里静静地站了一会儿，我看她用草把小孩盖了起来，把小孩放到炕上去。其实也看不见什么是炕，乌七八糟的都是草，地上是草，炕上也是草，草捆子堆得房梁上去了。那小炕本来不大，又都叫草捆子给占满了。那小孩也就在草中偎了个草窝，铺着草盖着草地就睡着了。

我越看越觉得好玩，好像小孩睡在喜鹊窝里了似的。

到了晚上，我又把全套我所见的告诉了祖父。

祖父什么也不说。但我看出来祖父晓得的比我晓得的多的样子。我说："那小孩还盖着草呢！"

祖父说："嗯！"

我说："那不是王大姐吗？"

祖父说："嗯。"

祖父是什么也不问，什么也不听的样子。

等到了晚上在煤油灯的下边，我家全体的人都聚集了的时候，那才热闹呢！连说带讲的。这个说王大姑娘这么的，那个说王大姑娘那么的……说来说去，说得不成样子了。说王大姑娘这样坏，那样坏，一看就知道不是好东西。说她说话的声音那么大，一定不是好东西。哪有姑娘家家的，大说大讲的。

有二伯说："好好的一个姑娘，看上了一个磨坊的磨倌，介个年头是啥年头！"

老厨子说："男子要长个粗壮，女子要长个秀气。没见过一个姑娘长得和一个扛大个的（扛工）似的。"

有二伯也就接着说："对呀！老爷像老爷，娘娘像娘娘，你没四月十八去逛过庙吗？那老爷庙上的老爷威风八面，娘娘庙上的娘娘温柔典雅。"

老厨子又说："哪有的勾当，姑娘家家的，打起水来，比个男子汉大丈夫还有力气。没见过姑娘家家的那么大的力气。"

有二伯说："那算完，长的是一身穷骨头穷肉，那穿绸穿缎的她不去看，她看上了个灰突突的磨倌。真是武大郎玩鸭子——啥人玩啥鸟。"

第二天，左邻右居的都晓得王大姑娘生了小孩了。

周三奶奶跑到我家来探听了一番，母亲说就在那草棚子里，让她去看。她说："哟哟！我可没那么大的工夫去看的，什么好勾当。"

西院的杨老太太听了风也来了，穿了一身浆得闪光发亮的蓝大布衫，头上扣着银扁方，手上戴着白铜的戒指。一进屋，母亲就告诉她冯歪嘴子得了儿子了。杨老太太连忙就说："我可不是来探听他们那些猫三狗四的，我是来问问那广和银号的利息到底是大加一呢，还是八成？因为昨天西荒上的二小子打信来说，他老丈人要给一个亲戚拾几万吊钱。"说完了，她庄庄严严地坐在那里。

我家的屋子太热，杨老太太一进屋来就把脸热得通红。母亲连忙打开了北边的那通气窗。通气窗一开，那草棚子里的小孩的哭声就听见了，那哭声特别吵闹。

"听听啦，"母亲说，"这就是冯歪嘴子的儿子。"

"怎么的啦？那王大姑娘我看就不是个好东西，我就说，那姑娘将来好不了。"杨老太太说，"前些日子那姑娘忽然不见了，我就问她妈，'你们大姑娘哪儿去啦？'她妈说，'上她姥姥家去了'。一去去了这么久没回来，我就有点觉景。"

母亲说："王大姑娘夏天的时候常常哭，把眼圈都哭红了，她妈说她脾气大，跟她妈吵架气的。"

杨老太太把肩膀一抱说："气的，好大的气性，到今天都丢了人啦，怎么没气死呢。那姑娘不是好东西，你看她那双眼睛，多么大！我早就说过，这姑娘好不了。"而后在母亲的耳朵上喊喊喳喳了一阵，又说又笑地走了。把她那到我家里来的原意大概也忘了。她来是为了广和银号利息的问题，可是一直到走也没有再提起那广和银号来。

杨老太太、周三奶奶，还有同院住的那些粉坊里的人，没有一个不说王大姑娘坏的。说王大姑娘的眼睛长得不好，说王大姑娘的力气太大，说王大姑娘的辫子太长。

扫码领取
- 作家介绍
- 萧红作品精选
- 经典名句赏析

冯歪嘴子的探访员

　　这事情一发，全院子的人给王大姑娘做论的做论，做传的做传，还有给她做日记的。

　　做传的说，她从小就在外祖母家里养着，一天尽和男孩子在一块，没男没女。有一天她竟拿着烧火的叉子把她的表弟给打伤了。又是一天刮大风，她把外祖母的二十多个鸭蛋一次给偷着吃光了。又是一天她在河沟子里边采菱角，她自己采得少，她就把别人的菱角倒在她的筐里了，就说是她采的。说她强横得不得了，没有人敢去和她分辩，一分辩，她开口就骂，举手就打。

那给她做传的人，说着就好像看见过似的，说腊月二十三，过小年的那天，王大姑娘因为外祖母少给了她一块肉吃，就跟外祖母打了一仗，就跑回家里来了。

"你看看吧，她的嘴该多馋。"

于是四边听着的人，没有不笑的。

那给王大姑娘做传的人，材料的确收集得不少。

自从团圆媳妇死了，院子里似乎寂寞了很长的一个时期，现在虽然不能说十分热闹，但大家都总要尽力地鼓吹一番。虽然不跳神打鼓，但也总应该给大家多少开一开心。

于是，吹风的、把眼的、跑线的，绝对不辞辛苦，在飘着大雪的夜里，戴着皮帽子，穿着大毡靴，站在冯歪嘴子家的窗户外边，在那里守候着，为的是偷听一点什么消息。若能听到一点点，哪怕针孔那么大一点，也总没有白挨冻，好作为第二天宣传的材料。

所以冯歪嘴子那门下在开初的几天，竟站着不少的探访员。这些探访员往往没有受过教育，他们最喜欢造谣生事。比方我家的老厨子出去探访了一阵，回家报告说："那草棚子才冷呢！五凤楼似的，那小孩一声不响了，大概是冻死了，快去看热闹吧！"

老厨子举手舞脚的，他高兴得不得了。不一会儿他又戴上了狗皮帽子，他又去探访了一阵，这一回他报告说："没有死，那小孩还没冻死呢！还在娘怀里吃奶呢。"

这新闻发生的地点离我家也不过五十步远，可是经探访员们这一探访，事情本来的面目可就大大地两样了。

有的看了冯歪嘴子的炕上有一段绳头，于是就传说着冯歪嘴子要上吊。这"上吊"的刺激，给人们的力量真是不小。女的戴上风帽，男的穿上毡靴，要来这里参观的，或是准备着来参观的人不知多少。

西院老杨家就有三十多口人，小孩不算在内，若算在内也有四十口了。就单说这三十多人若都来看上吊的冯歪嘴子，岂不把我家的那小草棚挤翻了嘛！就说他家那些人中，老的病的不能够来，就说最低限度来上十个人吧。那么西院老杨家来十个，同院的老周家来三个——周三奶奶，周四婶子，周老婶子——外加周四婶子怀抱着一个孩子，周老婶子手里牵着个孩子——她们是有这样的习惯的——那么一共周家老少三辈总算五口了。

还有磨坊里的漏粉匠、烧火的、跑街送货的等等，一时也数不清是几多人，总之这全院好看热闹的人不下二三十。还有前后街上的，一听了消息也少不了来的。

"上吊。"为啥一个好好人，活着不愿意活，而愿意上吊呢？大家快去看看吧，其中必是趣味无穷，大家快去看看吧。再说开开眼也是好的，反正也不是去看跑马戏的，又要花钱，又要买票。

所以呼兰河城里凡是一有跳井投河的，或是上吊的，那看热闹的人就特别多，我不知道中国别的地方是否这样，但在我的家乡确是这样的。

投了河的女人被打捞上来了，也不赶快地埋，也不赶快地葬，摆在那里一两天，让大家围着观看。跳了井的女人，从井里捞出来，也不赶快地埋，也不赶快地葬，好像国货展览会似的，热闹得车水马龙了。

其实那没有什么好看的，假若冯歪嘴子上了吊，那岂不是看了很害怕嘛！

有一些胆小的女人，看了投河的、跳井的，三天五夜的不能睡觉。但是下次，一有这样的冤魂，她仍旧是去看的，看了回来就觉得那恶劣的印象就在眼前，于是又是睡觉不安，吃饭也不香。但是，不去看是不行的，第三次仍旧去看，哪怕去看了之后，心里觉得恐怖，而后再买一匹黄纸钱，一扎线香到十字路口上去烧了，向着那东西南北的大道磕上三个头，同时嘴里说："邪魔野鬼可不要上我的身哪，我这里香纸的也都打发过你们了。"

有的谁家的姑娘，为了去看上吊的，回来吓死了。听说不但看上吊的，就是看跳井的，也有被吓死的。吓出一场病来，千医百治的治不好，后来死了。但是人们还是愿意看，男人也许胆子特别大，不害怕。女人却都是胆小得多，都是夯（zhà）着胆子看。

还有小孩，女人也把他们带来看，他们还没有长成为一个大人，母亲就早早把他们带来了，也许在这热闹的世界里，还是提早地演习好，免得将来对于跳井上吊太外行了。

（有的探访员晓得了冯歪嘴子从街上买来了一把家常用的切菜的刀，于是就说冯歪嘴子要自刎。）

冯歪嘴子疼儿子

冯歪嘴子没有上吊，没有自刎，还是好好地活着。过了一年，他的孩子长大了。

过年我家杀猪的时候，冯歪嘴子还到我家里来帮忙的，帮着刮猪毛。到了晚上他吃了饭，喝了酒之后，临回去的时候，祖父说，让他带几个大馒头，他把馒头夹在腰里就走了。

人们都取笑着冯歪嘴子，说："冯歪嘴子有了大少爷了。"

冯歪嘴子平常给我家做一点小事，磨半斗豆子做小豆腐，或是推二斗上好的红黏谷做年糕吃，祖父都是招呼他到我家里来吃饭的。就在饭桌上，当着众人，老厨子就说："冯歪嘴子少吃两个馒头吧，留着馒头带给大少爷去吧……"

冯歪嘴子听了也并不难为情，也不觉得这是嘲笑他的话，他很庄严地说："他在家里有吃的，他在家里有吃的。"

等吃完了，祖父说："还是带上几个吧！"

冯歪嘴子拿起几个馒头来，往哪儿放呢？放在腰里，馒头太热，放在袖筒里怕掉了。

老厨子说："你放在帽兜子里呀！"

于是冯歪嘴子用帽子兜着馒头回家去了。

东邻西舍谁家若是办了红白喜事，冯歪嘴子若也在席上的话，肉丸子一上来，别人就说："冯歪嘴子，这肉丸子你不能吃，你家里有大少爷的是不是？"

于是人们说着，就把冯歪嘴子应得的那一份的两个肉丸子，用筷子夹出来，放在冯歪嘴子旁边的小碟里。来了红烧肉，也是这么照办，来了干果碟，也是这么照办。冯歪嘴子一点也感觉不到羞耻，等席散之后，用手巾包着，带回家来，给他的儿子吃了。

快乐的一家

　　冯歪嘴子的儿子也和普通的小孩一样，七个月出牙，八个月会爬，一年会走，两年会跑了。

　　夏天，那孩子浑身不穿衣裳，只戴着一个花兜肚，在门前的水坑里捉小蛤蟆。他的母亲坐在门前给他绣着花兜肚子。他的父亲在磨坊打着梆子，看管着小驴拉着磨。

　　又过了两三年，冯歪嘴子的第二个孩子要出生了。冯歪嘴子欢喜得不得了，嘴都闭不上了。

　　在外边，有人问他："冯歪嘴子又要得儿子了？"

　　他呵呵呵，他故意地平静着自己。

他在家里边，一看见他的女人端一个大盆，他就说："你这是干什么，你让我来拿不好吗！"

他看见他的女人抱一捆柴火，也这样阻止着她："你让我来拿不好吗！"

可是那王大姐，一天比一天瘦，一天比一天苍白，她的眼睛更大了，她的鼻子也更尖了似的。冯歪嘴子说，过后多吃几个鸡蛋，好好养养身子就好起来了。

他家是快乐的，冯歪嘴子把窗子上挂了一张窗帘。这张白布是新从铺子里买来的。冯歪嘴子的窗子，三五年也没有挂过帘子，这是第一次。

冯歪嘴子买了二斤新棉花，买了好几尺花洋布，买了二三十个上好的鸡蛋。冯歪嘴子还是照旧地拉磨，王大姐就剪裁着花洋布做成小小的衣裳。

二三十个鸡蛋，用小筐装着挂在二梁上。一开门开窗，那小筐就在高处悠荡着。

门口来一挑担卖鸡蛋的，冯歪嘴子就说："你身子不好，我看还应该多吃几个鸡蛋。"冯歪嘴子每次都想再买一些，但都被孩子的母亲阻止了，冯歪嘴子说："你从生了这小孩以来，身子就一直没养过来。多吃几个鸡蛋算什么呢！我多卖几斤年糕就有了。"

祖父一到他家里去串门，冯歪嘴子就把这一套话告诉祖父。他说："那个人才俭省呢，过日子连一根柴草也不肯多烧。要生小孩子，多吃一个鸡蛋也不肯。看着吧，将来会发家的……"

冯歪嘴子说完了，是很得意的。

冯歪嘴子的妻子死了

七月一过去，八月乌鸦就来了。

其实乌鸦七月里已经来了，不过没有八月那样多就是了。

七月的晚霞，红得像火似的，奇奇怪怪的，老虎、大狮子、马头、狗群，这一些云彩，一到了八月，就都没有。那满天红彤彤的、满天金黄的、满天绛紫的、满天朱砂色的云彩，一齐都没有了，无论早晨或黄昏，天空就再也没有它们了，就再也看不见它们了。

八月的天空静悄悄的。六月的黑云，七月的红云，都没有了。一进了八月雨也没有了，风也没有了。白天就是黄金的太阳，夜里就是雪白的月亮。

天气有些寒了，人们都穿起夹衣来。晚饭之后，乘凉的人没有了，院子里显得冷清寂寞了许多。

鸡鸭都上架了，猪也进了猪栏，狗也进了狗窝。院子里的蒿草，因为没有风，就都一动不动地站着。因为没有云，大昴星一出来就亮得和一盏小灯似的。

在这样的一个夜里，冯歪嘴子的女人死了。第二天早晨，正遇着乌鸦的时候，就给冯歪嘴子的女人送殡了。

乌鸦是黄昏的时候，或黎明的时候才飞过。不知道这乌鸦从什么地方来，飞到什么地方去，但这一大群遮天蔽日的，吵着叫着，好像一大片黑云似的从远处来了，来到头上，不一会儿又过去了。终究过到什么地方去，也许大人知道，孩子们是不知道的，我也不知道。

听说那些乌鸦就过到呼兰河南岸那柳条林里去的，过到那柳条林里去做什么，所以我不大相信。不过那柳条林乌烟瘴气的，不知那里有些什么，或者是过了那柳条林，柳条林的那边更是些个什么。站在呼兰河的这边，只见那乌烟瘴气的，有好几里路远的柳条林上，飞着白白的大鸟，除了那白白的大鸟之外，究竟还有什么，那就不得而知了。

据说乌鸦就往那边过，乌鸦过到那边又怎样，又从那边究竟飞到什么地方去，这个人们不大知道了。

冯歪嘴子的女人是产后死的，传说上这样的女人死了，大庙不收，小庙不留，是将要成为游魂的。我要到草棚子去看，祖父不让我去看。我在大门口等着。我看见了冯歪嘴子的儿子，打着灵头幡送他的母亲。

灵头幡在前，棺材在后，冯歪嘴子在最前边，他在最前边领着路向东大桥那边走去了。

那灵头幡是用白纸剪的，剪成络络网，剪成胡椒眼，剪成不少的轻飘飘的穗子，用一根杆子挑着，扛在那孩子的肩上。那孩子也不哭，也不表示什么，只好像他扛不动那灵头幡，使他扛得非常吃力似的。

他往东边越走越远了。我在大门外看着，一直看着他走过了东大桥，几乎是看不见了，我还在那里看着。

　　乌鸦在头上呱呱地叫着。过了一群又一群，等我们回到了家里，那乌鸦还在天空里叫着。

扫码领取
● 作家介绍
● 萧红作品精选
● 经典名句赏析

含着泪的眼睛笑了起来

冯歪嘴子的女人一死，大家觉得这回冯歪嘴子算完了。扔下了两个孩子，一个四五岁，一个刚生下来。

看吧，看他可怎样办！

老厨子说："看热闹吧，冯歪嘴子又该喝酒了，又该坐在磨盘上哭了。"

东家西舍的也都说冯歪嘴子这回可非完不可了。那些好看热闹的人，都在准备着看冯歪嘴子的热闹。

可是冯歪嘴子自己，并不像旁观者眼中的那样的绝望，好像他活着还很有把握的样子似的，他没有感到绝望已经洞穿了他，因为他看见了他的两个孩子，他反而镇定下来。

他觉得在这世界上，他一定要生根的。要长得牢牢的。他不管他自己有这份能力没有，他看看别人也都是这样做的，他觉得他也应该这样做。

于是他照常地活在世界上，照常地负着他那份责任。于是他自己动手喂他那刚出生的孩子，他用筷子喂他，他不吃，他用调匙喂他。喂着小的，带着大的，他该担水担水，该拉磨拉磨。

早晨一起来，一开门，看见邻人到井口去打水的时候，他总说一声："去挑水嘛!"

若遇见了卖豆腐的，他也说一声："豆腐这么早出锅啦!"

他不知道在这世界上人们都用绝望的眼光来看他，他不知道他已经处在了怎样的一种艰难的境地。他不知道他自己已经完了。他没有想过。

他虽然也有悲哀，他虽然也常常满含着眼泪，但是他一看见他的大儿子会拉着小驴饮水了，他就立刻把那含着眼泪的眼睛笑了起来。

他说："慢慢地就中用了。"

他的小儿子，一天一天地喂着，越喂眼睛越大，胳臂、腿越来越瘦。

在别人的眼里，这孩子非死不可。这孩子一直不死，大家都觉得惊奇。

（到后来大家简直都莫名其妙了，对于冯歪嘴子的这孩子的不死，别人都起了恐惧的心理，觉得，这是可能的吗？这是世界上应该有的吗？）

但是冯歪嘴子，一休息下来就抱着他的孩子。天太冷了，他就烘了一堆火给他烤着。那孩子刚一咧嘴笑，那笑得才难看呢，因为又像笑又像哭。其实又不像笑又不像哭，而是介乎两者之间的那么一咧嘴。

但是冯歪嘴子却欢喜得不得了。

他说："这小东西会哄人了。"或是："这小东西懂人事了。"（那孩子到了七八个月才会拍一拍掌，其实别人家的孩子到七八个月，都会爬了，会坐着了，要学着说话了。冯歪嘴子的孩子都不会，只会拍一拍掌，别的都不会。）

冯歪嘴子一看见他的孩子拍掌，他就眉开眼笑的。

他说："这孩子眼看着就大了。"

在别人看来那孩子并没有大，似乎一天更比一天小似的。因为越瘦那孩子的眼睛就越大，只见眼睛大，不见身子大，看起来好像那孩子始终也没有长似的。那孩子好像是泥做的，而不是孩子了，两个月之后和两个月之前，完全一样。两个月之前看见过那孩子，两个月之后再看见，也绝不会使人惊讶，时间是快的，大人虽不见老，孩子却一天一天地不同。

看了冯歪嘴子的儿子，绝不会给人以时间上的观感。大人总喜欢在孩子的身上去触到时间，但是冯歪嘴子的儿子是不能给人这个满足的。因为两个月前看见过他那么大，两个月后看见他还是那么大，还不如去看后花园里的黄瓜，那黄瓜三月里下种，四月里爬蔓，五月里开花，五月末就吃大黄瓜。

但是冯歪嘴子不是这样的看法，他看他的孩子是

258

一天比一天大。大的孩子会拉着小驴到井边上去饮水了。小的会笑了，会拍手了，会摇头了。给他东西吃，他会伸手来拿，而且小牙也长出来了。微微地一咧嘴笑，那小白牙就露出来了。

尾声 后花园的主人而今不见了

呼兰河这小城里边，以前住着我的祖父，现在埋着我的祖父。

我生的时候，祖父已经六十多岁了，我长到四五岁，祖父就快七十了。我还没有长到二十岁，祖父就七八十岁了。祖父一过了八十，祖父就死了。

从前那后花园的主人，而今不见了。老主人死了，小主人逃荒去了。

那园里的蝴蝶、蚂蚱、蜻蜓，也许还是年年仍旧，也许现在完全荒凉了。

小黄瓜、大倭瓜，也许还是年年地种着，也许现在根本没有了。

那早晨的露珠是不是还落在花盆架上，那午间的太阳是不是还照着那大向日葵，那黄昏时候的红霞是不是还会一会儿工夫变出一匹马来，一会儿工夫变出一条狗来，那么变着。

这一些不能想象了。

听说有二伯死了。

老厨子就是活着年纪也不小了。

东邻西舍也都不知怎样了。

至于那磨坊里的磨倌，至今究竟如何，则完全不晓得了。

以上我所写的并没有什么优美的故事，只因他们充满我幼年的记忆，忘却不了，难以忘却，就记在这里了。

跟着大作家
找到轻松学语文的秘诀

作家介绍
走进民国才女萧红的世界
了解她的一生

萧红作品精选
文学作品音频合集
精读萧红的经典作品

经典名句赏析
萧红经典名句汇总
丰富学生的作文素材库

写作提升课
阅读+写作=实践与提升
帮助学生提高阅读与写作能力

<<<

扫码添加智能阅读向导

跟着大作家轻松学语文